1.ª edición, octubre 1998
2.ª impr., mayo 1999
3.ª impr., diciembre 1999
4.ª impr., febrero 2000
5.ª impr., octubre 2000
6.ª impr., abril 2001
7.ª impr., enero 2003
8.ª impr., febrero 2004
9.ª impr., octubre 2004
10.ª impr., agosto 2005
11.ª impr., febrero 2006
12.ª impr., octubre 2006
13.ª impr., octubre 2007
14.ª impr., junio 2008
15.ª impr., junio 2009
16.ª impr., junio 2010

ISBN: 978-84-207-8989-7
Depósito legal: M. 27.634/2010
Impreso en Anzos, S.L.
La Zarzuela, 6
Polígono Industrial Cordel de la Carrera
Fuenlabrada (Madrid)
Impreso en España - Printed in Spain

ESPACIO

✤ ✤ ✤ ✤

✤ ✤ ✤ ✤

ABIERTO

Diseño y cubierta de
Manuel Estrada

E S P A C I O   A B I E R T O

Lorenzo Silva

El cazador del desierto

ANAYA

Para José Ignacio, Raúl y Fernando,
tres bilbaínos generosos y sentimentales
a quienes debo buena parte del aliento
que me hizo escribir este libro.

El solitario es, para los árabes, el justo.
Cuanta más soledad se puede tolerar, mejor, dicen ellos.
El santo anda solo y no se queja.

RAMÓN J. SENDER

1

El nuevo

La mayoría de las cosas que nos pasan, si se piensa, vienen y se van sin dejar rastro, como si en realidad no importaran mucho y esa predisposición para olvidarlas fuera nuestra manera de perdonar que nos hayan distraído de las cosas que sí merecían atención. Sin embargo, hay unos pocos momentos escogidos en la vida que según los estás viviendo ya sabes que los vas a recordar para siempre. Uno de esos momentos, al menos para Irene y para mí, fue la mañana de octubre en que conocimos al cazador.

Lo que ahora me gustaría es soltarlo todo, meterme de cabeza en la historia y tratar de explicaros sin perder más tiempo por qué esa mañana de octubre y el cazador llegaron a importarnos. Incluso me gustaría descubrir desde ya por qué le terminamos llamando el cazador, que es quizá uno de los detalles más jugosos. Pero desde que me dedico a escribir historias he aprendido que no hay que precipitarse, y que a quien las lee hay que hacerle sufrir el mismo suspense que tú has sufrido mientras vivías los acontecimientos. También es bastante aconsejable que el lector conozca antes que nada dónde está y con quién está tratando, porque nunca puedes dar por sentado que todos querrán leer el libro que a ti te apetece escribir. Quién sabe, a lo mejor no es ésta la historia que en este momento os apetece a vosotros, o no soy yo la persona de quien queréis escucharla.

La historia empieza en el lugar donde Irene y yo pasábamos gran parte de nuestro tiempo cuando los hechos ocurrieron: en un instituto de enseñanza secundaria de Getafe, que es una ciudad más o menos pequeña o más o menos grande, según se mire, a unos diez kilómetros al sur de Madrid. Irene y yo teníamos quince años y ese día empezábamos Segundo de BUP. El BUP es algo que ya casi no existe en ninguna parte, pero a nosotras todavía nos tocó hacerlo. Irene era y es mi mejor amiga, o quizá debería decir una de mis mejores amigas. Además de ella está Silvia, aunque en esta historia Silvia no interviene demasiado, porque a ella nunca le gustó el cazador. En realidad, y lo aclaro desde el principio para impedir que se despiste nadie, la verdadera y única protagonista de todo lo que voy a contar es Irene. En esta historia yo no hago mucho más que contarla, y aunque a lo mejor extraña a alguien, estoy muy a gusto con eso. Me temo que a una misma sólo pueden pasarle tres o cuatro cosas realmente interesantes, y eso tirando por alto y si se tiene la suerte (o la desgracia, nunca se sabe) de ser una persona fuera de serie (lo que no es desde luego mi caso). Sin embargo, si a lo que te dedicas es a contar lo que les pasa a otros, tienes la posibilidad de vivir una cantidad infinita de historias dignas de recordarse. Porque todas las historias que cuentas, como todas las historias que escuchas, pasan a formar parte de ti, y tú pasas a formar parte de ellas.

Aquella mañana de octubre, ahora que ya sabéis dónde estamos y algo de quiénes somos, Irene, Silvia

12

y yo volvíamos al instituto después de tres meses de vacaciones. Era una sensación rara: por una parte teníamos todavía fresco en la memoria el tormento de los exámenes de junio, que nueve meses más tarde volverían a repetirse, cambiando sólo algunas de las asignaturas. Pero por otro lado, y sin que ninguna llegara a comprenderlo muy bien, nos hacía ilusión el nuevo curso, como si las vacaciones ya hubieran durado demasiado y deseáramos tener entre las manos los nuevos libros y que volvieran a pesar sobre nuestras cabezas las obligaciones, los trabajos y la amenaza de los ceros. Creo que es algo que también les pasa a los secuestrados, y que se llama síndrome de Estocolmo. A los secuestrados intentan curárselo, pero a los estudiantes nos dejan que lo suframos para que estemos más indefensos. Los estudiantes somos la última capa de la sociedad. Lo malo no es que no votemos, que nos maltraten y que en el fondo pasen de nosotros, sino que encima tenemos que estar agradecidos. No sé todavía lo que quiero ser en la vida, pero de lo que tengo realmente ganas es de dejar de ser estudiante. Mi padre siempre dice que ya lo echaré de menos. Sin embargo, cuando le pregunto qué era lo que sentía él cuando tenía mi edad, acaba confesando que también se sentía como un gusano. Tan malo es que sólo lo puedes apreciar cuando ya te has librado de todo el asunto.

Supongo que lo único que verdaderamente justificaba aquella incomprensible ilusión por empezar el nuevo curso era la curiosidad por los nuevos compañeros. Irene, Silvia y yo nos habíamos hecho amigas después de coincidir en una misma clase en el colegio, y aunque luego siempre nos habíamos encontrado en todos los cursos con un buen puñado de pelmazos, todavía no habíamos perdido la esperanza de conocer a alguien que no lo fuera. Quizá la que menos lo esperaba era Silvia, pero ella tenía un problema que no teníamos Irene ni yo. Como siempre era la más guapa de la clase y rodaba anuncios que salían en la televisión, ella era la que más sufría a los pelmazos. No sólo la miraban en clase de gimnasia o le soltaban esas gansadas que a ellos les resultaban tan ingeniosas, sino que encima iban y le pedían en la fiesta de fin de curso que bailara con ellos, y luego hasta se ofendían cuando ella les decía que sola bailaba más a gusto.

Ese año, al entrar en la clase que nos había tocado, vimos que conocíamos a casi toda la gente. Muchos estaban más morenos que cuando nos habíamos separado en junio, alguno estaba incluso más alto y alguna (como yo) con la cara más llena de espinillas. Pero Gonzalo, el chulito de Primero, mostró desde el principio que también estaba dispuesto a ser el chulito de Segundo. Venía con una camisa rosa de marca y con un reloj de pared en la muñeca. Llamaba bastante la atención, porque nadie más llevaba camisas tan caras ni relojes tan aparatosos. Al ver a Silvia, le dijo:

—Hola, preciosa. Ganas con el tiempo, como los vinos.

—Sin embargo, ya veo que tú sigues igual de capullo —le replicó Silvia, en su tono más bestia. Lo que la reventaba de Gonzalo era que siempre la trataba como si estuviera condenada a caer a sus pies, tarde o temprano.

Buscamos nuestro sitio de siempre, en el que nunca había problema para sentarse: la primera fila del centro. Era el mejor sitio para Irene, que tiene un poco de astigmatismo y se niega a usar gafas, y el mejor para ver la pizarra sin tener que estirarse por encima de la cabeza de nadie. Por mucho que te aburra o te jorobe lo que ponen en la pizarra, casi siempre hay que acabar copiándolo, y mejor si no te cuesta un esfuerzo suplementario. En cuanto nos sentamos, nos dimos la vuelta para ver dónde se colocaban los demás. Gonzalo se puso también en primera fila, a la izquierda, que era donde se había puesto Silvia. De momento lo dejamos así, pero cuando alguien ocupó el lado derecho, que era el mío, Silvia y yo hicimos el cambio. La zona intermedia era donde prefería sentarse la mayoría, y la de atrás, como siempre, quedaba para gente como el Lanas, un tipo que tenía su talento, aunque no siempre lo apreciaran los profesores. Lo aprobaba todo por los pelos y en septiembre, y estaba tan zumbado que era capaz de poner una lista de canciones de Metallica cuando le habían pedido que citara cinco obras del Barroco. El profesor de Música leyó su examen en clase y todo el mundo se tiraba de la risa, pero lo grande es que ésa no le quedó para septiembre. El de Música, que era bastante original, le puso nada menos que notable.

Fue entonces, mientras averiguábamos quiénes se habían sentado al fondo de la clase, cuando vimos al nuevo. Estaba en una de las dos últimas mesas de la fila de la izquierda, solo. En aquella aula había más pupitres que alumnos y todos procuraban sentarse con alguien conocido. Al nuevo no le habíamos visto antes, lo que hacía suponer que habría entrado de los primeros. Era un chico más bien pequeño, con un flequillo rubio caído sobre la frente y unos ojos azules que incluso a aquella distancia te ponían nerviosa si te miraban con demasiada atención. Y así era como él nos miraba cuando nosotras le miramos a él. Justo en ese momento entró el profesor y tuvimos que volvernos. Pero a Irene y a mí no pudo a partir de ahí quitársenos de la cabeza la idea de que aquellos ojos estaban clavados en nuestros cogotes. Irene me preguntó, en voz baja:

—¿Le conoces de algo?

—Es la primera vez que le veo.

—Parece como si no fuera de aquí.

—Ahora nos enteraremos.

El profesor era Anselmo, que nos había dado Matemáticas el año anterior y que volvería a dárnoslas este año. Además de eso, iba a ser nuestro tutor. Nos dio la bienvenida y nos dijo que este año tendríamos que apretar más (es lo que dicen siempre, y significa en realidad que son ellos los que te van a apretar más a ti). Después nos dio la lista de nuestros profesores, donde había de todo, como en el hipermercado. La habíamos jorobado en Lengua, donde nos había caído la Rastafari, una que se las daba de campechana pero después masacraba a todo el mundo, y habíamos tenido mucha suerte en Ciencias Naturales, donde nos había tocado la Madre Teresa de Calcuta, una profesora bastante mayor que tenía fama de dar aprobado general. Por último, cerrando el ritual de principio de curso, el tutor pasó lista.

No hace falta decir que Irene y yo escuchamos pasar lista esperando el momento en que el profesor dijera un nombre desconocido y el chico rubio del fondo levantara la mano. Eso le dio aliciente al recorrido por toda la lista de nombres que ya sabíamos, aunque nos ponía un poco impacientes la pachorra de Anselmo al leer y al buscar la cara de cada uno. Todos los nombres de la lista fueron encontrando a su propietario, hasta que la lista llegó a uno que el profesor repitió sin que nadie respondiera: Pérez Martín, José María. Era un nombre que no decía nada y a nadie le preocupó que su dueño no estuviera presente. Anselmo se encogió de hombros, puso falta y siguió adelante. La lista continuó con los últimos y pasó por Gonzalo, por Irene y hasta por Silvia, que se apellida Zornoza y normalmente no tiene a nadie detrás. Cuando tratábamos de imaginar qué apellido con Zu podía ser el del chico rubio, Anselmo levantó los ojos de la lista y preguntó:

—¿Hay alguien a quien no haya nombrado?

Nadie respondió. Pero Irene y yo sabíamos que el chico rubio estaba al fondo del aula y que no había respondido a ningún nombre. ¿Sería el suyo aquel, cómo era, López o Rodríguez, José qué? No le encajaba nada. Tampoco era cosa de delatarle, así que tuvimos que esperar a que Anselmo fuera recorriendo todas las caras y terminara fijándose en el desconocido.

—Tú no has levantado la mano —le dijo.

—No —contestó el nuevo, sin inmutarse.

—No te llamarás… —buscó Anselmo en la lista— José María Pérez.

—Cualquier cosa menos eso —dijo el chico. Irene y yo nos fijamos en seguida en que no tenía ningún acento extranjero.

—Y entonces, ¿cómo te llamas?

—Eso sólo se lo digo a la gente de la que me fío.

Anselmo abrió mucho los ojos. Pero era un sujeto tranquilo, uno de los más tranquilos de todos los profesores. Se echó un poco hacia atrás y, observando detenidamente al nuevo, dijo:

—No te fías de mí, deduzco.

—Pues no. Aunque quisiera, no podría fiarme nunca de alguien que gasta corbatas amarillas con elefantitos verdes.

A todos nos costó aguantarnos la risa, pero nos la aguantamos. Era verdad que las corbatas de Anselmo dejaban un poco que desear, y que aquella de los elefantitos se las traía. Eran unos elefantitos mofletudos que jugaban con unos balones de playa. Salvo los cerditos rosas sobre fondo celeste, estrellas invitadas de otra de las corbatas de Anselmo, nada podía competir con ellos. Lo que resultaba increíble era que aquel chico distinguiera los elefantitos desde tan atrás y que además se atreviera a soltarle aquello así, delante de todos y el primer día de clase. Muchos considerábamos que Anselmo tenía un gusto algo peculiar, pero decírselo a la cara y sin ninguna provocación se nos hacía demasiado cruel. Con todo, ya digo que Anselmo era tranquilo, y no perdió el control de la situación.

—Ya siento que te disguste mi corbata —se lamentó—. Pero a mí me gusta y supongo que me la pondré más veces, así que tenemos un problema.

—El problema lo tendrá usted —saltó el chico. Irene y yo nos miramos y nos leímos el pensamiento. ¿Qué le pasaba a aquel chaval? Parecía mentira que con ese aspecto tan frágil se revolviera así, como un bicho rabioso.

—No, lo tenemos los dos —siguió Anselmo, con su mejor sonrisa—. Si mi corbata te impide fiarte de mí y por no fiarte no me dices tu nombre, no voy a saber cómo llamarte cuando tenga que preguntarte algo, o cuando te vea en la calle, o cuando simplemente quiera interesarme por tu salud.

—Para nada de eso necesita mi verdadero nombre.

—¿Y cómo hago, entonces?

El nuevo se encogió de hombros y propuso, como a voleo:

—Use ese otro nombre que dijo antes.

—¿Cuál?

—El que leyó en la lista.

Anselmo ya no tuvo que buscar en la lista para preguntar:

—¿José María Pérez?

—Si se empeña.

—Pero vamos a ver, ¿te llamas o no te llamas así?

El nuevo bajó la barbilla y miró a Anselmo un poco desde abajo, como si le perdonara la vida. Toda la clase, alucinada, contenía la respiración. Siempre podía haber sus más y sus menos, pero que recordáramos, sólo Castro, el terror de Primero, se había enfrentado a un profesor de esa manera. Y a Castro sólo habían tardado tres meses en expulsarle.

—Yo no me llamo así —repitió el chico, como si le fastidiara la lentitud de Anselmo—. Pero nadie le obliga a meterse en mis asuntos. Sólo tiene que elegir cómo prefiere llamarme usted, igual me da que sea eso o que sea Napoleón Bonaparte. Y no se preocupe, que cuando me lo llame yo le respondo. Suponiendo que tenga algo que responder.

Más de uno apostaba a que después de aquella parrafada el nuevo se ganaba que Anselmo le echara de clase, aunque sólo fuera por aquel día y para que fuera enterándose. Había profesores que lo aguantaban casi todo, pero Anselmo, por mucha calma que pudiera tener, no era de ésos. Según los rumores, había sido él quien se había empeñado en que Castro fuera a la calle. Llevaba corbatas con animalitos de colores y procuraba ser ecuánime, pero si alguien se pasaba de la raya podía volverse su peor enemigo.

A pesar de todo, Anselmo no echó al nuevo de clase. Sólo dijo:

—Está bien, Pérez. Ya trataremos de irte entendiendo. Bienvenido.

Ninguno se atrevía a volver la cabeza, porque todos esperábamos alguna otra impertinencia. Sin embargo, el nuevo ya no abrió la boca. Anselmo pasó entonces a hablarnos del programa para aquel curso.

Debíamos escucharle, naturalmente, pero todos teníamos el pensamiento en otra parte y era difícil concentrarse en las palabras del profesor. Vi que los demás lo hacían y yo también lo hice: me di la vuelta para espiar en qué se entretenía el nuevo. Estaba quieto, vigilante, como si esperara a que alguien se volviera para desafiarle con la mirada. Me desafió a mí, y medio minuto después, cuando Irene se volvió, también la desafió a ella. Yo no le aguanté mucho el desafío, pero Irene se quedó un buen rato vuelta hacia él, tanto que Anselmo terminó por darse cuenta. Aunque Irene era su alumna favorita, o quizá precisamente por eso, se lo echó en cara al instante, con su ironía habitual:

—Sáez, lamento aburrirte, pero ya sólo quedan veinte minutos de clase. Quizá puedas hacer un esfuerzo y atender.

Irene no se volvió en seguida, y ni siquiera se puso colorada, como en ella habría sido lo normal. Es algo que les pasa a los primeros de la clase, que cuando los cogen en falta les da mucha más vergüenza que al resto. Pero esta vez Irene miró hacia la pizarra como si estuviera muy lejos y me dio la sensación de que Anselmo se callaba algo. Siguió con sus explicaciones mientras yo volvía a espiar discretamente al nuevo. Ya no vigilaba, sólo observaba el techo y parecía estar igual de lejos que Irene.

El resto de la mañana se fue en las presentaciones de otros profesores. También pasaron lista, pero en adelante el nuevo levantó dócilmente la mano cada vez que dijeron el nombre de José María Pérez Martín. Sólo hizo eso, levantar la mano, sin decir «sí» ni «yo» ni nada por el estilo. Aparte de ese detalle, ninguno de los otros profesores tuvo motivos para fijarse especialmente en él. Cuando terminó la última clase,

20

el nuevo se escurrió y se fue en seguida, sin despedirse de nadie. No traía macuto, ni cuadernos, nada.

Mientras íbamos hacia casa, Silvia comentó, molesta:

—Menuda clase. Todos los graciosos del curso pasado y uno que está como una regadera. Nos lo vamos a pasar bomba.

—No sé si nos va a durar mucho el nuevo —dije yo.

—Tampoco se perderá gran cosa —opinó Silvia—. Todo lo que puede conseguir es cabrear a los profesores y que lo paguemos el resto. Ojalá dejara de venir desde mañana mismo.

—Pues a mí me resulta simpático —dijo Irene, de pronto.

Silvia y yo nos miramos. Irene siempre había sido la seria, la responsable del grupo. No se trataba sólo de que sacara todo sobresalientes, ni de que cuando un profesor no sabía a quién preguntar siempre le preguntara a ella como último recurso y ella no fallara nunca. También era la que siempre tenía la cabeza fría, la que lo razonaba todo y nos consideraba a las demás unas ilusas y a veces hasta unas insensatas. Y de pronto se ponía del lado de aquel elemento perturbador, de aquel respondón y futuro expulsado, como si tal cosa. La que menos lo entendía era Silvia:

—¿Simpático? ¿Qué narices tiene *eso* de simpático?

—No lo sé —dijo Irene, encogiéndose de hombros—. Es original lo de no responder cuando dijeron su nombre.

—Más bien me parece una tontería —juzgó Silvia—. ¿Para qué armar ese lío si luego ha terminado levantando la mano en todas las demás clases?

—En las demás clases ya sabíamos que levantaba la mano para ahorrarse más discusiones.

21

—A mí me parece que el numerito no tenía sentido, simplemente.

—Pues a mí me da que sí lo tenía. Más del que pensamos.

De las tres, Irene, hay que reconocérselo, es la que suele tener mejores intuiciones. Puede que sea porque todo lo procesa en esa cabeza privilegiada y porque analiza las cosas que las demás no analizamos.

Ésta es la historia de cómo pudimos averiguar que Irene tenía razón, pero también de cómo Irene dejó de analizar y durante algún tiempo fue menos razonable que nunca. Porque es cierto que el comportamiento del nuevo aquella mañana había sido lógico y coherente, al menos a su manera, y no podía ser sino Irene quien descubriera por qué. Pero para descubrirlo tuvo que apartarse de su camino recto de chica juiciosa y alumna modelo, y entrar en el camino extraño y peligroso del cazador. Gracias a eso y gracias a ella aprendimos, entre otras cosas, la teoría que el cazador tenía sobre los nombres, y tanto nos convenció que acabamos aplicándosela a él mismo, cuando empezamos a llamarle *el cazador*. Pero quien quiera llegar hasta ese momento tendrá que leer toda la historia y pasar lo que nosotras pasamos. Aquella mañana sólo sabíamos que en las listas aparecía como José María Pérez y ni siquiera le llamábamos eso, sino el nuevo, a secas.

Así es como le seguiré llamando. Por ahora.

2 días

2

Ningún disfraz

El segundo día de clase fue uno de esos días radiantes de sol que a principios de octubre hay todavía en Getafe. Son días en que se le hace a una muy cuesta arriba aceptar que el verano se ha terminado, porque el verano, aunque quizá sea un mito o una estúpida costumbre, tiene un no sé qué de cosa que no debería acabarse nunca y que siempre te entristece un poco dejar atrás. Aquella mañana yo me desperté a la hora de siempre, las ocho menos cuarto, pero en lugar de hacerlo con el malhumor habitual, por el sueño y por ser la hermana mayor y por tanto tener la obligación de ayudar a poner la casa en funcionamiento, me acordé del nuevo y eso hizo que me costara menos levantarme. No me llegaba a caer simpático como a Irene, pero me parecía misterioso y siempre apetece investigar un misterio.

Hay mañanas que son así, mañanas de las que esperamos algo, aunque sea muy poco, y a las que cuesta menos enfrentarse. Otras mañanas sólo tenemos que hacer cosas ya sabidas y entonces sí que hay que armarse de valor para despegarse de las sábanas. Lo malo es que a veces las mañanas de las que esperamos algo se quedan en nada (y al revés, lo bueno es que alguna de las que no prometían van y nos sorprenden). Mientras iba sacándome las legañas camino de la habitación de mi hermano Adolfo, alias el hámster, temí estarme haciendo demasiadas ilusiones a propósito de una insignificancia. Pero aquella mañana iba a estar a la altura de las expectativas.

—Arriba, pitufo cabezón —le grité a mi hermano.

—Déjame en paz, plasta —dijo él, con su pastoso saludo cotidiano.

—Mamá, al hámster no le da la gana levantarse —me chivé instantáneamente—. Si llega tarde yo no quiero saber nada.

—Déjale dormir un poco más —ordenó mi madre desde la cocina, como todos los días—. Tiene tiempo de sobra.

—Claro, como no hace nada, tiene tiempo de sobra —me quejé, también como todos los días—. Menos mal que dentro de veinte años se casará con alguna que lo ponga firme. Entonces las va a pasar canutas.

El hámster esbozó una sonrisa malvada.

—Pues no, porque pienso quedarme *solitario*. Aquí, con mamá y contigo.

—Querrás decir soltero, imbécil. Y no creas que yo me voy a quedar soltera y aquí para siempre, viendo cómo te ríes.

—Nadie te va a querer, porque eres bajita y gorda.

Ése es el momento en que suelo darle con su muñeco de los 101 dálmatas. Es un perro alargado de goma dura que hace bastante daño, y el hámster en seguida chilla y entra mi madre y disuelve el tumulto.

—Parece mentira que tengas quince años, Laura.

—Es que es un maldito chulo.

—Tengo derecho a la libertad de *expansión* —clama entonces el hámster. No es que sea idiota; equivo-

24

ca las palabras aposta, para darnos trabajo y hacerse el interesante. Si no fuera porque es mi hermano y porque tiene momentos de un encantador que te desarma, ya le habría ahogado.

Normalmente, por las mañanas, quedo con Silvia en la puerta de su portal, que me pilla de paso, y las dos juntas nos vamos a recoger a Irene, que vive más cerca del instituto. Así lo hice aquella mañana, y cuando vi a Irene aparecer en el vestíbulo de su portal comprendí que también ella afrontaba la mañana con la misma curiosidad que yo. Silvia, en cambio, estaba de muy mal talante. No suele empezar a ser sociable hasta las nueve y media o las diez, y aún más tarde las mañanas que dice que tiene ojeras. Sinceramente, Irene y yo nunca hemos sido capaces de vérselas.

En clase, cuando llegamos, estaban prácticamente todos. Estaba Gonzalo, con el pelo lleno de gomina y una sonrisa como de Jean Claude van Damme cuando se va con la chica. Sin comentarios. Estaba el Lanas, aporreando una carpeta con las dos baquetas de batería que siempre lleva encima. Tenía ritmo. Y estaban los demás, muchos muertos de sueño y alguno de asco, porque aquél ya no era día de presentaciones sino de clase normal. El que no estaba, comprobamos Irene y yo al mismo tiempo, era el nuevo.

Vino la profesora a quien le correspondía la primera clase, la Rastafari, y poco después cerró la puerta y el nuevo seguía sin aparecer. A los dos minutos, cuando apenas acababa de hacerse un poco de silencio y todos nos preparábamos para tomar los primeros apuntes, se abrió la puerta del aula. En el umbral apareció una figura pequeña, vestida con una túnica larga de rayas. Llevaba un gorro de ganchillo blanco en la cabeza y en los pies una especie de sandalias de cuero.

—Anda, un moro —saltó el Lanas, desde atrás.

Hubo una carcajada general, pero el recién llegado ni se inmutó. Tardamos unos segundos en reconocer en aquella figura al nuevo. Traía una carpeta bajo el brazo y se fue hacia su sitio sin decir nada, sin pedir perdón por llegar tarde y por supuesto sin mirarnos a ninguno. La Rastafari estaba boquiabierta. La verdad era que causaba sensación. El nuevo, con su cara tan pálida y sus ojos de color azul, y el mechón rubio asomando por debajo del gorro, parecía un extraterrestre envuelto en aquel atuendo moruno.

En cuanto se hubo repuesto de la impresión, la Rastafari trató de recobrar el control de los acontecimientos.

—¿De qué vienes disfrazado? —preguntó.

—No es ningún disfraz —contestó el nuevo, con la vista clavada en su mesa, como si nada aparte de ella fuera de su interés.

—¿Cómo que no…? Vamos a ver, cómo te llamabas tú, que no me acuerdo —dudó la Rastafari, mientras buscaba en la lista—. Ya, Pérez, eso es, Pérez José María. ¿Qué te crees, que esto es un circo?

El nuevo no dijo nada. Se había sentado, había abierto la carpeta y dibujaba algo en un cuaderno. Era como si no oyera a la Rastafari.

—Contéstame —insistió ella—. ¿Crees que estás en el circo?

El nuevo levantó la cabeza despacio y dijo, con dulzura:

—Yo no, ¿y usted?

Nadie llamaba a la Rastafari de usted. Era de esos profesores que desde el primer día hacen mucho hincapié en que les tutees.

—Oye, vamos a tener la fiesta en paz —le avisó; pero por mucho que intentaba controlarse, se veía que era menos paciente que Anselmo—. ¿A ti te parece normal venir a clase con esa chilaba?

—Lo que me parece es que es usted un poco inculta, señorita —observó el nuevo, con la misma indiferencia con que habría podido hablar del tiempo—. Esto que llevo no es una chilaba, sino una gandora. Para que otra vez sepa distinguirla, la chilaba tiene manga larga y capucha.

Todos nos quedamos de piedra. La Rastafari no podía pasarle aquello.

—Bueno, ya está bien —dijo, secamente—. Ya puedes ir saliendo de esta clase. Y no vuelvas hasta que no aprendas educación.

El nuevo se puso en pie. Sin ninguna prisa, cerró su carpeta. Mientras recogía, todavía se permitió comentar:

—Qué poco sentido del humor tiene usted, señorita.

—He dicho que te vayas —repitió la Rastafari, con su voz más gélida.

Pero antes de desaparecer, el nuevo tuvo tiempo para una última burla:

—Por cierto, que si no quiere que crean que su clase es un circo, no debería disfrazarse usted de Bob Marley.

La Rastafari debía su apodo a sus ropas de colores y a sus pulseras y a las trencitas de su pelo. Lo cierto era que resultaba un poco chocante que fuera ella quien te hablara de Gonzalo de Berceo y de esas poesías medievales con que empezaba la Literatura de Segundo. Gonzalo de Berceo es una cosa como demasiado comedida para que te la cuente alguien con pinta de jamaicana. Algunos inconscientes se rieron del chiste del nuevo, lo que hizo que la Rastafari terminara de ponerse seria y nos lanzara una advertencia:

—No creo que esto sea para reírse, precisamente. Ya veremos quién se ríe al final.

—¿Lo ves? Ya nos ha fastidiado a todos —cuchicheó Silvia.

—Pero tiene gracia, el tío —opinó Irene.

—Oye, ¿qué le pasa a ésta? —me consultó Silvia.

—No sé, a mí también me parece que tiene algo —apoyé a Irene.

—Pues sí que estamos buenas —bufó Silvia, desesperada.

El resto de la clase de la Rastafari, ya sin la perturbadora presencia del nuevo, resultó algo tensa. Fue además bastante extraña, porque al recitar los versos de aquel fraile de la Edad Media, la profesora, sería por el disgusto reciente, lo hacía con una dureza que les estropeaba bastante la lírica. Al final de la clase preguntó, en un tono no demasiado amistoso:

—¿Alguna duda?

Ni siquiera el Lanas, cuya imprudencia estaba acreditada, osó aceptar aquel reto. La Rastafari desapareció unas décimas de segundo después, arrastrando su enorme bolso y envuelta en el ruido de sus abalorios.

No volvimos a ver al nuevo hasta el recreo, una hora después. Estaba sentado en los escalones de la entrada, fumando. Su carpeta estaba en el suelo y nos fijamos en la fotografía que tenía encima. Era en blanco y negro y en ella se veía a un hombre con los ojos un poco guiñados, vestido de beduino. Entonces no sabíamos quién era ese hombre. Algún tiempo después averiguaríamos que no había nacido en Arabia, y que llevaba aquellas ropas como el nuevo llevaba su gandora.

Nosotras no quisimos acercarnos, pero Gonzalo, que siempre tenía un especial desparpajo, se fue hacia él y le dijo, sonriente:

28

—Oye, ¿cómo es que te vistes así, como si fueras un moraco asqueroso?

Era propio de Gonzalo hablar en ese tono de quienes consideraba menos que él, lo que abarcaba a todo el mundo. También solía decir cosas como *un gitanazo de mierda, un cateto de pueblo* o *un marica de playa.* Eso le hacía sentirse más duro. Pero el nuevo no se ofendió. Miró a Gonzalo a los ojos y mientras le enviaba una nube de humo a la cara le respondió:

—Es que *soy* un moraco asqueroso.

Gonzalo se rió ruidosamente.

—No me tomes el pelo, tío. No hay moros rubios.

—No sabes mucho de los moros. Claro que los hay.

—¿Ah, sí? Y tú, ¿eres moro de dónde?

El nuevo largó otro par de caladas a su pitillo, antes de contestar.

—Eso a ti no te importa. Mejor vete a dar una vuelta y déjame en paz. A ti no te gustan los moros y a mí no me gustan los pijos.

Gonzalo era más bien nervioso, a la hora de reaccionar ante lo que le molestaba. Además, justo en ese instante se dio cuenta de un hecho fatídico, que Silvia les estaba mirando y que probablemente hubiera escuchado lo que el nuevo le había dicho.

—A que no te atreves a levantarte y a decir otra vez eso —le escupió al nuevo, mientras se arremangaba.

—No voy a levantarme porque no me apetece, y las cosas sólo las digo una vez —replicó el nuevo, mirando al infinito.

—Lo que pasa es que no tienes pelotas, morito —a Gonzalo también le gustaba ser basto, llegado el caso.

—Será eso —admitió el nuevo, sin pestañear.

En ese momento Silvia se dio media vuelta y se largó de allí. Irene y yo éramos sus amigas y deberíamos haberla seguido al instante, entre otras cosas porque estaba haciendo lo más inteligente que podía hacer. Pero todavía nos quedamos lo suficiente para oír las últimas palabras de Gonzalo.

—Ándate con cuidado, listillo. A lo mejor me da tiempo a romperte algo antes de que te echen.

—A lo mejor —asintió el nuevo.

Después del recreo no hubo clase. Nos tocaba Latín, según alguno de los veteranos una pesadilla, de la que se libraban los de los institutos donde ya se daba la ESO. Todos estábamos bastante prevenidos y en parte impacientes por saber cómo sería, pero el profesor estaba enfermo y todavía tendríamos que esperar unos días antes de enfrentarnos con la primera declinación, *rosa rosae* y *puella puellae* y todas esas gaitas.

Nos quedamos en el aula, teóricamente en tiempo de estudio; pero como apenas habíamos dado clases, poco teníamos que estudiar. Por eso, la profesora de guardia nos permitió mantener un poco de tertulia para pasar el rato. Se formaron corrillos aquí y allá. Sólo uno de los alumnos se quedó al margen. Bajo la mirada atenta de la profesora, que no se atrevía a decirle nada, el nuevo se entretenía solo, inclinado sobre su cuaderno. Dibujaba o escribía, desde donde estábamos nosotras no podía saberse.

Así estuvo, sin despegar los labios ni levantar la vista del papel, hasta que se le acercó el Lanas y le preguntó:

—¿Qué dibujas, colega?

—Nada en particular —contestó el nuevo, mientras cerraba el cuaderno—. Sólo son garabatos.

El Lanas asintió. Y como vio que el otro no quería hablar de los dibujos ni enseñárselos, no siguió por ahí. El Lanas, pese a sus camisetas negras llenas de zombis y de calaveras y sus muñequeras de tachuelas, nunca se peleaba ni discutía con nadie.

—Me mola tu gorro —cambió sin más de tema—. ¿Me dejas ponérmelo?

—Por qué no —dijo el nuevo. Se lo quitó y se lo tendió.

La pinta del Lanas con el gorro moruno era para verla. Habría sido un punto tener una cámara para hacerle una foto. La melena se le escapaba por todas partes y parecía una especie de payaso. Pero a él le gustó:

—Oye, qué gorro más práctico. Me vendría bien para jugar al baloncesto. Mejor que hacerme la coleta.

—Lo siento, pero no puedo dártelo —se disculpó el nuevo—. Es un regalo y no tengo otro.

—Vale, no te preocupes —se resignó el Lanas, mientras se lo devolvía—. ¿Dónde se compra?

—Éste es de Marrakech.

—¿De dónde?

—De Marrakech. En Marruecos.

—¿Has estado allí?

—Yo no, mi padre. Me lo trajo él.

—¿Y va a ir a ese sitio tu padre alguna otra vez?

—No sé. Puede. Y puede que no.

El Lanas se rascó la nariz, como si se estuviera acordando de algo.

—El caso —dijo— es que una compañera de trabajo de mi vieja anda siempre viajando. Se va por ahí y siempre le trae cosas. Podría aprovechar, si se fuera a Marruecos. ¿Cómo se pide el gorro este?

—Se llama taguía.

—¿Me lo escribes? Es que a mí se me olvida todo.

El nuevo escribió la palabra en el cuaderno del Lanas. El Lanas, que era efusivo, se lo agradeció dándole una palmada en el hombro.

—Eres un tío legal, aunque estés un poco pirado. Si te hace falta un amigo, aquí tienes al Lanas. Por cierto, un consejo de amigo: cuidado con la Rasta, que es bastante peligrosa, y con el Anselmo, que tampoco es manco. Si quieres que te echen es asunto tuyo y ya te apañarás con tus viejos, me imagino, pero si no quieres no les pinches.

—Gracias por el consejo, y por lo demás —dijo el nuevo—. El caso es que no quiero hacer amigos. Estoy solo y estoy bien así.

El Lanas frunció el ceño.

—No es nada personal —aclaró el nuevo—. Me caes bien, mejor que cualquiera de todos éstos y que los profesores. Pero yo voy por libre. No sé cómo explicarte, es una manera de ser. No tiene remedio.

Naturalmente, toda esta conversación no pudimos oírla nosotras desde la primera fila. Nos la contó el propio Lanas, cuando empezaron a pasar cosas preocupantes con el nuevo y decidimos averiguar hasta el último detalle acerca de él. Al Lanas, aunque él lo decía de otra forma, le había desconcertado la mezcla de consideración y de frialdad que había en el tono del nuevo. No podías saber si se reía de ti o si procuraba salvarte de algo que sólo él era capaz de sobrellevar. Pero con esto estoy adelantando acontecimientos. Mejor vuelvo a lo que hubo aquella mañana.

La última clase era la de la Madre Teresa, que reaccionó ante el hecho de que el nuevo hubiera venido vestido de musulmán como habría reaccionado si se hubiera puesto un traje de astronauta: ni se dio cuenta. Nos largó su rollo de física y nadie lo entendió ni le preguntó nada. Los buenos estudiantes, como Irene, ya lo aprenderían en el libro, y los malos, confiando en la tradición de aprobados generales y en las facilidades para copiar que contaban que había en sus exámenes, bostezaban sin disimulo.

A la salida del instituto nos entretuvimos con una conocida de Silvia. Mientras ellas dos hablaban, vimos pasar al nuevo, con su gandora y su taguía. Todos le miraban, muchos le señalaban, pero a él le daba igual. Irene y yo nos quedamos mirándole hasta que su escueta figura desapareció al otro lado de la valla. Algún tiempo más tarde, llegaríamos a convencernos de que era cierto que aquel día no llevaba ningún disfraz. Para proteger su interior lo mostraba a todos, porque sabía que nadie entendía.

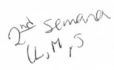

3

La pista de Lawrence

La primera semana de clase terminó sin que hubiera
muchos más acontecimientos dignos de mención.
El nuevo no volvió a venir vestido de musulmán y
se las arregló para pasar bastante desapercibido en su
sitio al fondo de la clase. Las miradas que la Rastafari
le echaba de vez en cuando no eran demasiado cari-
ñosas, pero alguien debía haberle aconsejado que dejara estar a aquel chaval y ella siguió el consejo. Por lo
visto, el asunto del nuevo había sido ampliamente de-
batido entre los profesores, quienes habían decidido
darle un poco más de tiempo antes de tomar medidas. Según informaba Radio Macuto, el nuevo había
pasado un par de años en el extranjero, nadie sabía
dónde, y la mayoría de los profesores consideraba lógico que tuviera ahora algunos problemas de adapta-
ción.

Por lo demás, las posibilidades de averiguar algo
acerca del nuevo eran muy pocas. No hablaba con
nadie, y quien intentaba hablar con él se encontraba
siempre con la misma respuesta, ya fuera secamente,
como había hecho con Gonzalo, ya fuera más amable, como lo había sido con el Lanas, al interesado le

hacía saber en seguida que no tenía ningún deseo de juntarse con nadie. Y lo más curioso de todo era que de esa forma, quedándose siempre emboscado y callado al fondo del aula, se convirtiera en el protagonista de aquellos primeros días. Otros, como Gonzalo, estaban todo el tiempo levantando la mano, haciendo gracias y tratando de figurar. Pero ninguno llamaba la atención de la clase como aquel pequeño muchacho rubio que llegaba todas las mañanas el último y se marchaba el primero. Su aire solitario, su disgusto por todo y sus ganas de no estar allí, que con nadie se preocupaba de disimular, le convertían en el alumno más intrigante del curso. Un día, mientras charlábamos sobre el tema, Irene dijo:

—Tiene que haber algo que le guste.

—¿Y qué? —intervino Silvia, a quien cada día le caía peor el nuevo.

—Que a mí me gustaría saber lo que es.

—No veo para qué.

—Para comprender por qué se porta así. No sé si os dais cuenta, pero tiene algo que le hace más fuerte que los demás. Y eso no puede ser lo que odia, sino lo que le gusta y no quiere que nadie sepa.

Irene es especialista en hacer ese tipo de razonamientos, como si pudiera mirar las cosas desde detrás, aunque las tenga delante. En aquel momento, mi amiga todavía se enfrentaba a la cuestión del nuevo como a un problema que desafiaba su inteligencia. Sólo eso. Quería saber, porque sospechaba que había un secreto y se creía capaz de desentrañarlo si conseguía encontrar las pistas necesarias. En cierto modo, era como si se hubiera establecido un duelo entre el nuevo y ella, y lo mismo que de los demás empeños en los que se embarcaba, Irene aspiraba a salir triunfadora de aquel duelo arrancándole al nuevo su secreto tan celosamente oculto. Por eso era capaz de pensar así de fríamente. Pero Silvia lo tomó por el lado equivocado:

—Si tienes tanto interés, puedes ir a pedirle un autógrafo. A lo mejor quiere firmarte en la carpeta, debajo de la foto de Robert de Niro.

Robert de Niro era la única debilidad conocida de Irene, así que aquél era un golpe bajo por parte de Silvia. Pero Irene ni siquiera contestó. Su cerebro no dejaba de darle vueltas a la idea que se le acababa de ocurrir.

El lunes siguiente, durante un descanso, y aprovechando que el nuevo había salido al servicio, Irene me propuso acercarnos a husmear en su carpeta, que había dejado abierta sobre su mesa. Como es natural, acepté inmediatamente la proposición. Silvia, muy digna, no dejó de regañarnos:

—Sois unas cotillas. Me va a dar vergüenza que me vean con vosotras.

No había tiempo que perder y no lo perdimos. Yo me coloqué junto a la puerta, para vigilar, mientras Irene se iba hacia la carpeta. Tuvo poco más de un minuto. En cuanto el nuevo apareció al fondo del pasillo, le di la señal y nos retiramos rápidamente. Fue una operación impecable y nadie se enteró. Cuando nos sentamos en nuestros sitios, le pedí a Irene:

—Cuenta.

—Ya sé quién es el beduino de la carpeta. Lo pone en unas letras pequeñas, en inglés: «T. E. Lawrence, también llamado Lawrence de Arabia»

—¿Y qué lleva dentro?

—Los apuntes, aunque de casi nada apunta mucho. En los de Literatura y los de Historia no hay más que dibujos de palmeras y montañas. Sólo parecen interesarle las Matemáticas. Tiene todos los problemas hechos, incluso los que nos pusieron el viernes.

—¿Y no has encontrado nada más?

—Qué esperabas, tampoco he tenido tanto tiempo.

—Pues no hemos sacado mucho.

—Bueno, sabemos que le gustan las matemáticas, las palmeras, las montañas y parece que también Lawrence de Arabia.

—¿Y qué hacemos con eso?

—Ya es un principio.

Esa misma tarde, en la enciclopedia que había en la biblioteca del instituto, buscamos a T. E. Lawrence, o Lawrence de Arabia. Irene sabía que era un inglés que había luchado en una guerra al lado de los árabes, pero no teníamos mucha más información acerca de él.

Según la enciclopedia, su nombre completo era Thomas Edward Lawrence y no era exactamente inglés, sino galés. Había estudiado en Oxford y había sido arqueólogo en Turquía y en el Sinaí. Al principio de la Primera Guerra Mundial se incorporó al Servicio de Inteligencia Militar británico en El Cairo, o sea, Egipto. Lo enviaron a Hejaz, una zona que ahora es parte de Arabia Saudí, para luchar junto al príncipe árabe Feisal. Al mando de un puñado de hombres atravesó el desierto y conquistó el puerto de Ákaba, que todos creían inalcanzable. A partir de esa proeza se convirtió en el principal consejero militar de Feisal y al frente de sus tropas peleó contra los turcos, a quienes derrotó una y otra vez, hasta que consiguió entrar triunfalmente en Damasco. Después de la guerra, cuando ya le llamaban Lawrence de Arabia y era famoso en todo el mundo, intentó defender la independencia de los árabes, pero sus compatriotas británicos no le hicieron caso. Entonces dimitió de su cargo de oficial y se alistó como soldado raso en la fuerza aérea, con el nombre de Ross. Pero le descubrieron y se buscó otro nombre falso, T. E. Shaw, con el que se pasó al cuerpo de tanques y volvió después a la fuerza aérea, ya como sargento. Allí estuvo, refugiado en el anonimato, hasta 1935. Ese mismo año, poco después de licenciarse, se mató en un accidente de moto. Sus experiencias de la guerra las había dejado escritas en un libro que se llamaba *Los Siete Pilares de la Sabiduría.*

Eso era todo lo que la enciclopedia decía de Lawrence de Arabia. También venía una fotografía en la que el personaje aparecía vestido con uniforme de militar inglés. Era un busto, en blanco y negro, y a Lawrence se le veía con el flequillo rubio peinado hacia atrás y una sonrisa triste. Tenía los ojos claros, los labios carnosos y una barbilla grande. Parecía alguien completamente distinto del hombre vestido de beduino que llevaba nuestro compañero en su carpeta. Y a lo mejor eran nuestros ojos que lo deformaban o nuestra imaginación que quería creerlo, pero a quien se parecía era justamente al nuevo. También él tenía esa barbilla, y esa sonrisa triste.

—¿Y bien? —le pregunté a Irene.

—Ésta parece una buena pista —dijo mi amiga, satisfecha, mientras releía el artículo de la enciclopedia de una forma que yo ya sabía lo que significaba: se lo estaba aprendiendo de memoria. Cosas de esa extensión se las aprende en medio minuto, no mucho más.

Un par de días después, la Madre Teresa de Calcuta, no podía ser otra, cometió el error de sacar al nuevo a la pizarra. Los demás profesores le evitaban deliberadamente; a ninguno le apetecía lo más mínimo tener un enfrentamiento. Pero la Madre Teresa (también llamada la Calcuta, porque su mote completo era un poco difícil de manejar) no se enteraba nunca de nada y siempre iba a su aire. Y así fue como pronunció, un mediodía como cualquier otro, la frase fatal:

—Pérez Martín, a la pizarra.

Alguno temió que el nuevo ni siquiera se levantaría, pero cuatro o cinco segundos después de oír a la Calcuta leer aquel nombre sobre la lista, su menguada figura avanzó desde el fondo de la clase y llegó hasta la pizarra. Allí cogió una tiza y se quedó mirando a la profesora. Estaba apenas a metro y medio de nosotras, que ocupábamos como siempre la primera fila. Yo me sentía un poco inquieta, porque era la primera vez que tenía al nuevo tan cerca. Pero Irene le observaba fijamente, dispuesta a no dejar escapar detalle. El nuevo sólo estaba pendiente de lo que le dijera la Calcuta.

La profesora le dictó un problema de esos interminables de velocidades y aceleraciones: cuatro trenes que salen de cuatro puntos y un paracaidista que se tira desde un avión y todos que llegan al mismo sitio y quién llega antes y quién llegaría si en vez de ser uniforme el movimiento del tren A y el tren C fuera uniformemente acelerado, siendo la aceleración igual a equis y a zeta. No era difícil, ni siquiera para mí (Irene era capaz de hacerlo de cabeza), pero escribirlo en la pizarra llevaba bastante tiempo. El nuevo fue apuntando todo el enunciado y luego se puso a resolverlo con resignación.

Casi todos esperaban que el nuevo empezase a meter la pata desde la segunda línea, porque nadie le había visto atender en clase. Pero estos malvados, comenzando por Gonzalo, que tenía todo el rato en la cara una sonrisita de suficiencia, se llevaron un buen chasco. El nuevo resolvió todo el problema sin un solo error. Tenía una letra pequeñita y limpia, y hasta quedaba bonito, el problema, escrito por él en la pizarra.

Cuando terminó, se volvió hacia la Calcuta. Habían pasado unos diez minutos desde que empezara, y eso era demasiado tiempo para la veterana profesora. Tenía la cabeza un poco caída sobre el hombro y roncaba suavemente, con la boca abierta. El nuevo, cuando la vio así, se acercó y la examinó como si fuera una marmota disecada. Empezó a pasarle la mano por delante de la cara, muy despacio. Parecía probar a ver cuántas veces podía hacerlo antes de que la profesora saliera de su siesta.

La risotada de toda la clase, reprimida al principio, la terminó de desencadenar el Lanas. Fue tan fuerte que la Calcuta se despertó, asustada. En ese justo instante el nuevo se plantó de un salto a varios pasos de distancia de la profesora. La Calcuta, un poco aturdida al principio, se puso las gafas y repasó la resolución del problema que el alumno había escrito en la pizarra. Fue asintiendo a medida que avanzaba y terminó felicitándole:

—Muy bien, José María, se nota que has estudiado. ¿Alguno tiene alguna duda sobre lo que ha hecho vuestro compañero?

Mucha gente volvió a reírse, lo que dejó a la Calcuta un poco desconcertada. Pero no se enfadó. Que se supiera, la Calcuta nunca se había enfadado con nadie. El nuevo dejó la tiza en la pizarra y se dispuso a volver a su sitio. Antes de irse, su mirada se cruzó con la de Irene.

—Eso ha sido una canallada —le dijo Irene, de repente.

—Puede ser. A lo mejor es que soy un canalla —admitió el nuevo, impasible.

40

Con aquella crueldad hacia la bendita de la Calcuta el nuevo se ganó unas pocas simpatías y bastantes antipatías. A alguno podía caerle bien por haberse enfrentado a la Rastafari, que tenía fama de suspender a mansalva, pero la Calcuta era un alma de Dios y además no le había hecho ningún daño. Hasta le había felicitado, la pobre, sin sospechar nada.

A mí me pasaba más o menos como a Irene, aunque no me hubiera atrevido a decírselo como ella. Después de lo que acababa de hacer, me daba que no merecía tanto la pena investigar a aquel pequeño desalmado. Sin embargo, tanto a Irene como a mí nos seguían sonando en los oídos las palabras que le había dicho a mi amiga: «A lo mejor es que soy un canalla». Lo había dicho como si con aquella demostración hubiera perseguido exactamente que le considerásemos eso, como si la recriminación de Irene fuera algo que le halagaba, porque era justamente un canalla lo que quería parecer. Dándole vueltas a esto, Irene tuvo una sospecha:

—Quiere dominar todo el tiempo lo que los demás piensan de él. No le importa que creamos que es un cerdo. A lo mejor lo que le importa es que sepamos otras cosas. Es una especie de cortina de humo.

—¿Tú crees?

—Acuérdate de Lawrence de Arabia. Él se escondió bajo un nombre falso y se alistó como soldado raso, cuando había sido oficial. Nuestro chico se esconde de otra forma, o incluso de muchas formas. Es como si cada día se escondiera de una forma distinta, aunque siempre sea igual de huraño.

Al día siguiente tuvimos la primera clase de Educación Física. El profesor, el mismo del año anterior, era un militar en la reserva, y por eso le llamábamos el Sargento Furia. Siempre andaba machacando a los

41

chicos mientras a nosotras nos cuidaba como si fuéramos inválidas, con la sola excepción de Irene, que
de pequeña había sido gimnasta de competición. Precisamente solía utilizarla a ella para picar a los chicos
más torpes. Cuando alguno se negaba a saltar el potro o a dar una voltereta, le pedía a Irene que lo hiciera, y cuando Irene lo había hecho, decía:

—A ver, ¿y ahora quién quiere ser menos que una
niña?

A Irene la molestaba un poco que el Sargento Furia se sirviera así de sus habilidades, pero la verdad
era que él la consideraba su mejor alumna y que siempre le ponía sobresaliente, cosa que no hacía con nadie más. Eso le permitía a Irene tener la nota media
más alta de todo el instituto, porque todos los demás
empollones eran un desastre cuando se ponían un
chándal. Y a Irene, creo que ya lo he dicho, le gustaba
ser la primera.

Como habíamos tenido tres meses de vacaciones,
el Sargento Furia nos mandó primero un «calentamien-
to suave» (así lo llamaba él) y después decidió hacer
una prueba de «resistencia selectiva». En resumen,
esta prueba consistía en ponernos a correr alrededor
del campo de deportes y ver cuánto aguantábamos.
Las chicas podíamos dejarlo a las cuatro vueltas, pero
los chicos tenían que dar un mínimo de diez. Casi todas dimos las cuatro vueltas y nos paramos, incluida
Irene, para quien aquello de correr era un aburrimiento insoportable. Alguno de los chicos quiso pararse
con nosotras, o por lo menos amagó hacerlo. El Sargento Furia bromeó:

—Ya tenemos al primer flojo. Pero si acabas de empezar, hombre.

El dubitativo siguió corriendo, naturalmente, aunque se le veía que iba con el bofe fuera. A partir de la

sexta o séptima vuelta, mientras nosotras nos refrescábamos bajo la sombra del porche, los chicos empezaron a caer como moscas. A cada víctima, el Sargento Furia celebraba su triunfo:

—Para, para, y respira, criatura.

Hasta las diez vueltas sólo llegaron tres, y como ya se veía venir durante la carrera, fueron precisamente los que formaban el trío más estrambótico: el Lanas, Gonzalo y el nuevo. El Lanas, cumplido el mínimo, se detuvo *ipso facto*, y a Gonzalo, que no iba muy sobrado, se le vio dudar durante un segundo. Justo lo que tardó en ver que el nuevo le rebasaba como una exhalación y seguía corriendo camino de la undécima vuelta al campo. Gonzalo siempre llevaba camisetas sin mangas, para que se le vieran los musculitos de los brazos, y eso era en cierto modo incompatible con aguantar menos que aquel renacuajo rubio. Así que siguió corriendo también.

Pronto estuvo claro que se acababa de organizar un pique entre los dos. Al Sargento Furia la cosa le gustaba, así que les dejó hacer. A los demás nos vino bien, sobre todo a los chicos, que estaban casi todos medio asfixiados. Mientras durara aquel espectáculo, el Sargento Furia nos dejaría en paz.

Los dos aguantaron más o menos bien hasta las quince vueltas. A partir de ahí estaban tan congestionados que todos nos preguntábamos por qué el Sargento Furia no paraba la carrera. La respiración de Gonzalo se oía a cien metros, mientras el nuevo, aunque dosificaba mejor el esfuerzo, parecía un helado de fresa y vainilla. Gonzalo abandonó en la vuelta diecisiete, y tan mal iba que se dejó caer y empezó a pedir agua como un desesperado. En cuanto le vio rendirse, el nuevo aceleró la marcha y dio una vuelta a toda velocidad. La mayoría pensamos que era la demostración definitiva, y que cuando volviera a pasar por el punto donde se marcaban las vueltas, lo dejaría y le restregaría a Gonzalo su triunfo. Pero después de la vuelta diecisiete el nuevo siguió corriendo. El Sargento Furia, que estaba reanimando a Gonzalo, no se dio cuenta hasta dos vueltas después, cuando el nuevo ya llevaba diecinueve y su respiración empezaba a oírse como se oía la de Gonzalo antes de desplomarse. En ese momento, Irene me susurró al oído:

—Míralo. No estaba compitiendo contra Gonzalo.

El nuevo corría con la mirada perdida delante de sí, completamente colorado pero manteniendo el ritmo sin desfallecer. Se había olvidado de Gonzalo, que había caído cuatro vueltas atrás. Irene tenía razón, como casi siempre. Estaba corriendo contra sí mismo.

A mitad de la vuelta veinte, el Sargento Furia entendió que debía hacer algo. Le gritó al nuevo:

—Está bien, chaval, eres todo un tío. Vamos al gimnasio.

El nuevo siguió corriendo, como si no le hubiera oído. Y probablemente era verdad que no le oía, que no oía nada más que los latidos de su corazón. Pasó junto al profesor y enfiló la vuelta veintiuna.

—Déjalo ya, hombre —volvió a gritarle el Sargento Furia—. No vayamos a tener un disgusto.

El nuevo continuó sin hacerle caso. Por fin, cuando volvió a pasar a su altura, el Sargento Furia intentó engancharle. Pero el nuevo dio un acelerón y se escurrió como una anguila.

—Oye, vamos a cortar la broma —le ordenó el profesor, ya de malas pulgas.

Pero el nuevo completó la vuelta veintidós. Bajó el ritmo poco antes de que el Sargento Furia intentara atraparle por segunda vez. Para entonces el profesor estaba verdaderamente enfadado.

—Me gusta la gente dura, pero no me gustan los chulos —le advirtió.

El nuevo pasó junto a él sin mirarle y vino hacia la sombra. Se dobló por la cintura y en esa postura trató de recobrar el resuello. Alguien le alargó una botella de agua. El nuevo levantó la cabeza y, meneándola un par de veces, rechazó el ofrecimiento. Entrecortadamente, añadió:

—La sed hay que soportarla. Hasta que ya no puedas.

Durante el resto de la clase, ya dentro del gimnasio, el nuevo no hizo ningún alarde más. Saltó como cualquier otro y ni siquiera demasiado bien. Se veía que necesitaba recuperarse y que aquella parte ya no le interesaba. Sólo le vi prestar auténtica atención cuando Irene echaba a correr para hacer un mortal encima del potro. La verdad era que todos estábamos pendientes cuando Irene hacía eso. Era la única que podía volar así, con esa elegancia como de pantera saltando sobre su presa.

Aquella tarde, Irene se lució. Mientras la veía a ella dibujar círculos en el aire y al nuevo mirándola, pensé en aquello que él había dicho sobre la sed. Los dos tenían eso en común: nunca hacían nada a medias, siempre llegaban hasta el fondo de las cosas. Y me acordé de Lawrence de Arabia, del que todavía sabía tan poco. Según la enciclopedia, aquel hombre había atravesado el desierto con unos pocos seguidores para conquistar un puerto al que nadie creía posible llegar. Lawrence se lo propuso, y se salió con la suya. Irene era una empollona, y el nuevo, por el contrario, un candidato a que le echaran más temprano que tarde. Pero en ese momento supe que había algo

45

que los dos tenían en común con aquel aventurero británico: si se lo proponían, siempre serían capaces de cruzar el desierto y llegar a Ákaba.

Ahí fue donde presentí por primera vez algo de lo que iba a pasar.

4

Paseando por el lado salvaje

Aquel fin de semana, el segundo de octubre, Silvia, Irene y yo nos reunimos como de costumbre para decidir el plan del sábado por la tarde.

—Podemos dar una vuelta por el centro —dijo Silvia, aburrida.

—Podríamos ir al cine —sugerí yo.

—Podemos tratar de colarnos en el Galway —apuntó Irene. El Galway era un pub irlandés que acababan de abrir, sólo para mayores. Irene había entrado un día, de chiripa, y se había quedado enamorada de él. Tenía un rincón decorado como una biblioteca, con sus estantes y todo.

Un primo de Irene, que trabajaba en una empresa americana, le contó un día que cuando en la empresa no tenían claro qué hacer para resolver un problema, se reunían todos y cada uno soltaba la primera chorrada que se le ocurría. Normalmente no dejaban decir chorradas en las reuniones, claro, pero esto era una especie de excepción. Lo llamaban «tormenta de ideas». Desde que Irene nos habló de esta técnica, era la que usábamos para decidir el plan de los sábados. Y la segunda parte de la tormenta de ideas siempre

47

consistía en que cada una destrozaba las tonterías de las otras.

—Cada vez que pienso en el ambientazo del Tontódromo me dan ganas de vomitar —sentenció Irene. Con eso se refería a la calle principal del centro, la calle Madrid, por la que todos van y vienen.

—En el cine sólo echan películas que ya hemos visto y una payasada de Jim Carrey —descartó Silvia.

—En el Galway nunca conseguimos colarnos —recordé yo.

El resultado final de la tormenta de ideas solía ser que seguíamos sin saber qué hacer, pero todas estábamos más o menos molestas por la manera en que había sido machacada nuestra idea. Nunca nos contó el primo de Irene si en su empresa funcionaba de otra manera, por aquello de ser americana. Nuestra experiencia era que después de todo el rollo teníamos que negociar una solución al estilo tradicional, buscando algo que ya hubiéramos hecho algún otro día y que no fastidiara demasiado a ninguna, aunque tampoco nos enloqueciera. Aquella tarde lo que parecía evidente era que no había consenso para salir por Getafe, así que Silvia dio con el remedio al sugerir:

—¿Y si vamos a Parquesur?

Parquesur era la alternativa más fácil, un centro comercial gigantesco lleno de tiendas, pizzerías, juegos recreativos y hasta un parque de atracciones en miniatura. Los sábados por la tarde se pone insoportable de gente, pero cuando no sabes qué hacer, coger el autobús hasta Parquesur es lo más indicado. Puedes jugar al *flipper*, mirar discos, comer pollo frito o probarte ropa. Y si te aburres demasiado o hay más gente de la que cabe, te metes en el cine o paseas por el parque de atracciones. A nuestros padres no les gustaba especialmente que fuéramos solas hasta allí, porque Parquesur está en Leganés y aquello de ir a otro municipio, aunque estuviera tan cerca como Leganés lo está de Getafe, les costaba asimilarlo. Ya habíamos cumplido los quince, pero para ellos seguíamos siendo unas niñas.

En esto la más afortunada era Silvia, que llevaba años trabajando en publicidad y ya había tenido que hacer algún viaje largo sola. También ganaba dinero con los anuncios, lo que le daba más independencia. Cuando ganas dinero, es casi como si fueras mayor. A Silvia le administraban sus padres los fondos, pero siempre tenía suficiente para invitarnos. Gracias a ella, Irene y yo podíamos ir a Parquesur sin asestarles a nuestras escuálidas economías un golpe que para ellas no era nada despreciable.

Aquel sábado por la tarde subimos pues al autobús de Leganés, rumbo al centro comercial. Todavía nos resultaban extraños los fines de semana; después de casi tres meses en los que todos los días eran iguales, días de vacación, aquellos sábados y domingos del otoño nos desorientaban un poco. Parecía como si el comienzo del curso y las primeras clases no hubieran sido más que una pesadilla. Y por un momento una soñaba que el lunes y la obligada vuelta al instituto todavía tardarían mucho en llegar. Pero el lunes llegaba en seguida, y entonces lo que parecía no haber existido era el propio fin de semana. Entre esta especie de desajuste y el poco entusiasmo con que emprendíamos la expedición, las tres fuimos durante casi todo el trayecto hundidas en el asiento, sin pronunciar palabra.

—¿Habéis hecho los ejercicios de Matemáticas? —preguntó de pronto Irene.

—A medias —respondió Silvia.

—No —dije yo.

Siempre he tenido un problema, y es que nunca consigo hacer las cosas un día antes si puedo hacerlas un día después. Por eso mis tardes de domingo (salvo unas pocas y añoradas excepciones) han sido siempre tan deprimentes. Y también por eso, cuando alguien hace una pregunta como aquélla de Irene, me veo forzada a preguntar a mi vez, angustiada:

—¿Son muy difíciles?

—No —contestó esa tarde Irene, mientras miraba por la ventanilla del autobús—. Sólo cuestan un poco hasta que les coges el truco. Pero no sé, este año todo me da una pereza que no me había dado antes.

Silvia y yo cruzamos una rápida mirada. Si nuestra memoria no nos engañaba, era la primera vez que oíamos aquella palabra de labios de Irene. Pereza. Habríamos jurado que no estaba en su diccionario.

—Será que echas de menos las vacaciones —aventuré.

—Para nada. Siempre me aburro en vacaciones. Me molesta ver el instituto vacío y que toda la gente se ponga de acuerdo para irse. Odio ver las calles vacías al sol. Prefiero que llueva y ver la calle llena de gente atareada, yendo a alguna parte. Y si es por la playa, ya les he dicho a mis padres que el año que viene no cuenten conmigo.

Ya conocíamos a Irene y aquellas ideas suyas. Muchos pensaban que decía cosas así para hacerse la estrafalaria, pero para pensar eso había que saber muy poco de Irene. No me he tropezado con ninguna persona con menos interés por ofrecer una apariencia rara, o una apariencia, a secas. Sin ir más lejos, siempre lleva pantalones vaqueros del mismo color y jerséis azules, la cosa más discreta que te puedas echar a la cara.

—El asunto —continuó Irene, sin apartar la vista de la ventanilla— es que el instituto ha perdido toda la gracia. En Primero éramos novatas y nos habían amenazado con que sería mucho peor que el colegio. Aunque sólo fuera por ese miedo, tenía su emoción. Ahora es como si todo estuviera ya visto. Hasta le tengo cogidas las muletillas a Anselmo.

—¿Ah, sí? —se interesó Silvia.

—Sí: *lógicamente* y *en consecuencia*.

—Anda, es verdad.

—Y sólo estamos en octubre. Quedan ocho meses de oírselo y de aguantarle la corbata de elefantitos, como dijo el nuevo.

—Tampoco Anselmo es de los peores —le defendí.

—Más a mi favor. Imagina cómo vamos a acabar de la Rastafari, que ni siquiera sabe organizarse las clases.

Es posible, por no decir seguro, que Irene hubiera hecho siempre esas radiografías implacables de los defectos de los profesores. Pero nunca había hablado mal de ninguno. Ellos le ponían una y otra vez sobresaliente y ella corría un tupido velo sobre sus fallos. Ése parecía ser el trato entre ellos, que aquella tarde Irene estaba incumpliendo. Silvia y yo no dábamos crédito a nuestros oídos. Preferíamos creer que simplemente tenía una mala tarde, y que el lunes volvería a ser la misma Irene de siempre.

El centro comercial estaba hasta los topes. No era como en invierno, cuando todo el mundo iba allí a refugiarse del frío, pero poco le faltaba. Las familias bien vestidas se mezclaban con la gente que iba en chándal a hacer la compra, los mayores con los más jóvenes, la gente de Leganés o Getafe o Fuenlabrada con los que venían de Toledo. A estos últimos se les distingue porque suelen ir mejor vestidos que nadie y en grupos, y porque hablan un poco más fuerte. Difícilmente podría tener nada contra los de Toledo, por la sencilla razón de que mi propia familia es de allí, pero cuando los veo invadir el centro comercial tampoco puedo decir que los adore. En esto, sin embargo, no son diferentes de los demás. En general, me cuesta sentir simpatía por la gente en los centros comerciales. Todo el mundo va atontado y se choca contigo, o te empuja, o te atropella con el carro. Hay pocas cosas que duelan tanto como que te den en la cadera con la esquina metálica de un carro. Pero en el hipermercado nadie te pide perdón cuando te embiste. Algunos se ríen, como si acabaran de conseguir cinco puntos, y si los miras te miran cargados de razón. Una saca a veces la sensación de que en el hipermercado hay que hacerse perdonar la vida por todo el mundo.

Visto lo atestado del panorama en los pasillos del centro comercial, decidimos meternos en los grandes almacenes. Gastamos cerca de hora y media mirando discos y ropa, sin disfrutarlo mucho, porque lo bueno de ir de tiendas es tener la posibilidad de comprar algo de lo que te encuentras y no es cosa de andarle pidiendo siempre prestado a Silvia. Después de eso fuimos a ver a otros jugar en los recreativos (el pasatiempo más barato allí) y terminamos tomándonos una cocacola en una hamburguesería. Normalmente te miran bastante mal cuando comprueban que sólo pides de beber y que pretendes ocupar una mesa, pero lo primero que aprende una insolvente es a no hacer demasiado caso de ese tipo de miradas. Mientras no te echen a patada limpia, aguantas lo que sea, con todo el morro.

En la mesa de la hamburguesería nos percatamos de que no era sólo Irene la que estaba un poco apagada. Tampoco yo me sentía en mi mejor momento. Y en cuanto a Silvia, se había tumbado prácticamente jun-

to a su vaso de cocacola y sorbía a través de la paja
con cara de asco.

—Debería haber pedido una cerveza —se quejó—.
Esto que estamos tomando es un jarabe repugnante.

—El tío del mostrador te habría dicho que no tienes edad —apostó Irene—. No hemos hecho casi gas-
to. No tiene por qué ser majo con nosotras.

—Vaya caras. Cualquiera diría que se nos ha muerto alguien —dije yo.

—Irene está cansada del curso después de una semana y yo ya estaba cansada antes de empezar —reconoció Silvia—. Y ya que no se nos ocurre nada que
hacer para distraernos, venimos y nos sentamos aquí
a llorar, como unas viejas. ¿Os acordáis cuando nos
divertíamos con cualquier bobada? Con la estúpida
casita de la Barbie, o saltando a la goma.

—Yo nunca he saltado a la goma —aclaró Irene,
puntillosa.

—Pero supongo que no naciste tan seria —se bur-
ló Silvia—. Incluso es posible que al principio no supieras inglés ni hacer ecuaciones.

—No estoy seria, sino de mal humor. Es distinto.

Hay tardes que, intentes lo que intentes con ellas,
están perdidas de antemano. Nos quedamos un buen
rato allí, alargando nuestras cocacolas en la hamburguesería, pero todo lo que sacamos en claro fue que
nuestros estados de ánimo andaban tan otoñales y
marchitos como la tarde. Silvia y yo no le dábamos
mayor importancia, porque ya hacía varios meses que
habíamos cumplido los quince y empezábamos a conocer y hasta cierto punto a aceptar aquella desazón,
que te entraba de pronto y que no se arreglaba por
mucho que le dieras vueltas a la cabeza. Lo único que
podías hacer era esperar a que se fuera por donde había venido, y al final pasaba eso, que se iba. Pero Ire-

ne no estaba hecha para resignarse. Le daba vueltas a su vaso de plástico y clavaba en él una mirada un poco furibunda. Para nosotras era una imagen insólita: Irene descolocada, sin saber cómo actuar.

Al final se nos echó encima la hora en que teníamos que volver a Getafe. Nos costó bastante recorrer el trecho que teníamos hasta la salida del centro comercial, porque a aquella hora se cruzaban los últimos clientes del hipermercado con los primeros de los pubs, formando un follón considerable. Al fin logramos salir, y de camino hacia la parada del autobús, reparamos en una escena que sucedía cerca de uno de los muelles de servicio del centro. Un par de vigilantes jurados discutían con un grupo de macarras. Uno de los vigilantes estaba sentado en su moto y hablaba por su *walkie-talkie*, mientras el otro, que tenía una porra en la mano y llevaba gafas de sol, se encaraba con el que parecía ser el cabecilla del grupo:

—No quiero volver a veros por aquí.

—Ni nosotros a ti, Rambo, así que ya puedes irte —se reía el macarra.

—Zorro 4, ayuda en muelle 3 —murmuraba al *walkie-talkie* el de la moto.

—Recibido. Vamos allá —le respondió al momento el aparato.

Aparte del que estaba discutiendo con el de la porra, había otros cinco o seis macarras. Se burlaban de los vigilantes y tenían una actitud bastante provocadora. Entonces se oyó el rugido de dos motos y unos pocos segundos después los vigilantes ya eran cuatro. A la vista del súbito aumento de la fuerza enemiga, los macarras, con su jefe a la cabeza, iniciaron hábilmente el repliegue. Seguían metiéndose con los vigilantes, y uno de ellos, que llevaba una *litrona* en la mano, se pasó el gollete por el cuello en señal de amenaza. Al vigilante de la porra no se le escapó el gesto:

—La próxima vez que hagas eso te reviento la botella en la cara, piojo.

Los macarras no debían tener más de dieciséis o diecisiete años, aunque tres de ellos eran bastante altos. Mientras huían (sin correr mucho, para no dar sensación de marcharse por miedo) pudimos verlos mejor. El que parecía el jefe llevaba una camiseta en la que aparecía la efigie de Lou Reed, uno de esos rockeros completamente decrépitos que por lo general les gustan a tus padres o al cascarrabias del bedel del instituto, pero también, por lo que se veía, a algunos macarras adolescentes. Bajo la cara de Lou Reed se leía: *Take a walk on the wild side*, o lo que es lo mismo: «Date un paseo por el lado salvaje». Los demás llevaban ropas zarrapastrosas, y entre todos llamaba la atención uno que era bastante más bajo que los demás. Iba con las manos en los bolsillos y no insultaba a los vigilantes. Vestía vaqueros rotos y una especie de camisa militar descolorida. Llevaba una visera negra grande, que casi le tapaba la cara. Pero no lo suficiente.

Antes de que desaparecieran, pudimos reconocer las facciones, la lejana mirada de aquel macarra bajito y silencioso. Solíamos encontrarlas al fondo de la clase, donde él se sentaba siempre. Era el nuevo, el chico que se vestía de musulmán y llevaba en la carpeta una foto de Lawrence de Arabia. Su inesperada aparición, en mitad de aquella tarde que estábamos desperdiciando, consiguió al menos que en la faz de Irene se dibujara una sonrisa.

—Este tío es increíble —dijo, de una forma tan extraña que ni Silvia ni yo supimos si le admiraba o le estaba criticando.

Por un momento pareció que el nuevo nos veía también a nosotras, pero nadie habría podido asegurarlo. Dio la espalda a los vigilantes y se fue con los otros, a seguir paseando por el lado salvaje. Irene, por su parte, tardó en desprenderse de aquella sonrisa. Durante todo el camino de regreso en el autobús fue mirando absorta por la ventanilla, sin despegar los labios.

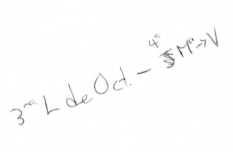

5

Una ausencia quizá calculada

El lunes siguiente, el nuevo no vino a clase. La Calcuta, que daba la primera hora, nunca pasaba lista y no se percató de la ausencia. Pero la Rastafari, sin necesidad de pasar nada, se dio cuenta nada más entrar. El nuevo le resultaba tan antipático que se la vio disfrutar con el descubrimiento.

—Ya se nos ha cansado el humorista —dijo—. Mejor.

Y disfrutó todavía más apuntando en la ficha la falta. Debió calcular que el jefe de estudios podría tenerla en cuenta si en el futuro se decidía a tomar alguna medida contra aquel estorbo de alumno. Pero la venganza no se iba a quedar ahí. Aquella semana la Rastafari pudo ponerle otras tres faltas al nuevo, que también falló el martes, el miércoles y el jueves. Y si hubiera tenido clase con nosotros el viernes, aún habría podido ponerle una quinta cruz. Los demás profesores, que no sentían por el nuevo la aversión de su compañera, también fueron anotando las faltas, aunque sin tanto empeño. Incluso hubo alguno a quien se le vio preocupado. Era el caso de Anselmo, que a partir del miércoles empezó a preguntar:

—¿Sigue sin venir Pérez? —y cuando le contestábamos que sí, que seguía sin venir, meneaba pensativamente la cabeza.

Pero por mucho que se preocupara Anselmo, era nada al lado de la inquietud con que Irene comprobaba día tras día que aquella mesa al fondo de la clase seguía desocupada. Todas las mañanas llegaba con la esperanza de ver al nuevo en su sitio, y hasta que la primera clase no llevaba ya cinco o diez minutos no desesperaba de que se presentara. Silvia y yo éramos sus amigas y nos tenía la confianza suficiente para confesar aquella debilidad. Incluso compartió con nosotras alguna de sus cavilaciones:

—Lo peor de todo es que ni siquiera sabemos dónde vive.

—¿Irías a buscarle? —preguntó Silvia.

—A buscarle no. Pero si le ha pasado algo me gustaría saberlo. Imagina que está en el hospital, o en la cárcel.

—No tiene edad para estar en la cárcel —corregí, en plan repelente.

—En un reformatorio, igual me da. Lo que me huelo es que no puede estar en un buen sitio, por la gente con la que iba el sábado.

—La verdad, no comprendo vuestra afición por ese chalado —dijo Silvia—, pero tengo que reconocer que no pegaba nada con los otros. Era como un caniche en medio de una jauría de rottweilers.

—A lo mejor se trataba de eso —sospechó Irene.

—¿De qué?

—De hacerse el malo, como cuando se rió de la Calcuta.

—¿Y qué iba a sacar con semejante cosa?

—No lo sé. Nunca he sido mala. O no de esa forma —dudó Irene.

La ausencia del nuevo continuó durante la semana siguiente. A partir del martes, ni siquiera la Rastafari disfrutaba al ponerle falta, y hasta daba la sensación de que echaba de menos a su enemigo. Un enemigo que se esfuma así, de la noche a la mañana, no sirve para mucho. Después de sus desvelos, la Rastafari empezaba a temerse que tendría que comerse con patatas todas aquellas faltas tan cuidadosamente apuntadas.

Una tarde, haría ya unos diez días que no teníamos noticias del nuevo, fui con mi madre y con el hámster al hipermercado de Getafe Norte, donde hacíamos la compra semanal. El hipermercado no llevaba demasiado tiempo abierto y todavía podía circularse por allí sin grandes agobios. En cuanto pasaran un par de años y Getafe Norte dejara de ser un barrio medio vacío, el centro comercial se convertiría en un hormiguero como Parquesur. Pero de momento a mi madre le resultaba cómodo y allí nos arrastraba al hámster y a mí cada miércoles, para que le echáramos una mano con la intendencia doméstica. Al menos eso era lo que yo hacía. Al hámster le llevaba principalmente por no dejarle en casa solo y sin vigilancia.

Lo malo de los hipermercados que están relativamente cerca de donde vives es que en ellos siempre te encuentras a los vecinos, y lo malo que tienen los vecinos es que siempre te encuentras justo a aquellos que menos te apetece encontrarte y en el momento en que menos te interesa encontrártelos. Aquella tarde, en concreto, andaba yo recolectando los yogures para toda la familia, atenta a cosas tales como que el sibarita del hámster sólo toma los de frutas del bosque, cuando me di de bruces con mi vecino Roberto.

—Vaya, qué coincidencia —celebró Roberto.

—Pues sí —lamenté yo.

Aquí es donde tengo que aclarar, a quienes no lo sepan, que mi vecino Roberto es uno de mis enamorados, o quizá el único. Cuando la vida le regala a una semejantes pretendientes, dan ganas de presentar una reclamación o de meterse monja. Durante muchos años Roberto fue un bestia sin paliativos, que sólo pensaba en el fútbol, los coches y pegarle pedradas a todo lo que se moviera. Mal mirado, entonces hasta tenía su chiste. Pero últimamente andaba en vías de regeneración, y no es que eso me importara, que más bien me alegraba por él; lo que no me hacía ni pizca de gracia era que a medida que se iba desembruteciendo, veía que sus esperanzas respecto a mí aumentaban. Ahora me comentaba los libros que leía y la música que escuchaba, como si Bécquer y Vivaldi (por ahí estaba) le hicieran irresistible. El problema era que yo tenía fresco en la memoria al Roberto de siempre, y que encima adivinaba que hacía todo aquello sólo para impresionarme. Resulta cruel, pero una mujer no puede tenerle el más mínimo respeto a un hombre que no sabe prescindir un poco de ella.

Aquella tarde, en el hipermercado, Roberto se despachó en seguida con una de sus frases geniales:

—¿Y qué haces por aquí?

—Ya ves, coger yogures.

Seguramente esperaba que le preguntara: «¿Y tú?». Pero no lo hice. De modo que me lo contó él solito:

—Yo he venido con mi madre.

—Ajá —comenté, mientras apilaba el último *pack* de frutas del bosque para el hámster—. Mi madre anda también por ahí. Perdona que te deje, pero ya estará pensando que dónde he ido a buscar los yogures.

Y eché a andar. Desde hacía algunas semanas, siempre que nos encontrábamos le rehuía más o menos con la misma diplomacia. Quizá por eso, Roberto se decidió en ese momento a gritar:

—Laura.

¿Habéis odiado alguna vez vuestro nombre? Hay personas que tienen esa virtud, la de hacerte odiar tu nombre con sólo pronunciarlo. Roberto es una de esas personas. Además, cuando gritan tu nombre es como si te secuestrasen. No puedes esquivar sin más a alguien que acaba de gritar tu nombre. Así que tuve que responder, con mi mejor cara de retrasada:

—¿Sí?

—No sé si tete, te pa parece que un día… —tartamudeó. Mi infalible olfato me avisó de la cercanía de la catástrofe. Roberto y una proposición, la peor combinación posible. ¿O podía imaginarse algo más espantoso?

Pues sí, sí que se podía. Justo en ese instante me fijé en que había alguien observándolo todo, desde detrás de las neveras de los congelados. Ahí estaba la respuesta a mi duda. La más espantosa de todas las combinaciones posibles se componía de Roberto, una proposición y el nuevo, el desaparecido durante diez días, espiándonos desde detrás de las neveras de los congelados. Cuando me di cuenta de que todo aquello me estaba pasando a la vez, me quedé aturdida. Roberto remataba mientras tanto su faena:

—No sé, al cici cine o donde tú, bueno, o sólo a dar una vuelta por ahí.

Aunque se explicaba como un libro cerrado, en condiciones normales habría tratado de entenderle y habría buscado una manera sutil de escabullirme. Aquella tarde me limité a preguntar, como una idiota:

—¿Qué?

Roberto había necesitado todos los recursos disponibles para desencadenar aquel patoso asalto, que ahora le obligaba a repetir desde el principio. Mientras él reanudaba bastante desesperado sus balbuceos, yo miraba por encima de su hombro y veía al nuevo sonreír tras las neveras de los congelados. Vestía todavía la camisa militar descolorida, pero su flequillo rubio caído sobre la frente le daba un aire como de niño indefenso, eso que precisamente él no quería parecer. De pronto, le vi sacarse de debajo de la camisa el primer disco compacto. Con mucho disimulo, le quitó el celofán, lo abrió y le arrancó la varilla magnética que servía para disparar los detectores antirrobo. Repitió la operación con otros dos discos compactos más, sin dejar de sonreírme. La funda de celofán y las varillas las echaba donde los congelados, y los discos volvían en un santiamén al escondite bajo su camisa. Cuando todos estuvieron limpios, enarcó casi imperceptiblemente las cejas y se dirigió sin prisa hacia la salida. Desapareció detrás de un estante mientras Roberto culminaba de forma heroica su repetición de la jugada:

—Fifi fíjate que vivimos en el mimi mismo portal y nunca…

No había un segundo que perder, ni siquiera para desengañar a Roberto. Sujeté fuerte los yogures y antes de echar a correr sólo pude decirle:

—Oye, ya te veré por ahí. Chao.

Llegué apenas a tiempo de ver al fugitivo enfilar por el pasillo de «salida sin compra». Se deslizó como una serpiente, aprovechando un descuido del vigilante jurado. A mi espalda sonó entonces la voz de mi madre:

—Venga, Laura, deja de marear con los yogures.

—¿Me has cogido los míos? —comprobó a renglón seguido el hámster, siempre pendiente de los asuntos de interés general.

—Sí, enano egoísta —respondí, furiosa. Me fastidiaba el tono exigente del hámster, pero también me fastidiaba que el nuevo se me hubiera escapado.

—¿Lo ves, mamá? —se quejó el hámster—. Se pelea con su novio y me toca a mí pagarlo. Siempre soy su *chino respiratorio*.

No sé qué me daba más rabia, si que el hámster me hubiera visto hablando con Roberto, si que le llamara mi novio o si que se sacara aquella tontería del chino. La verdad era que no debía entrar al trapo, pero entré:

—Se dice chivo expiatorio, y deja de buscarme novios o te borro todas las cintas de Daryl Hannah.

El hámster palideció de golpe. No sólo es un mitómano, sino que le gustan incontroladamente las rubias, y Daryl Hannah es su favorita. Me obliga a grabarle todas las películas que echan de ella en la tele, y como además resulta que no maneja demasiado bien el vídeo, siempre anda incordiándome para que se las ponga. Si le borrara las cintas de Daryl Hannah, algo que sabe que puedo hacer en cualquier momento, todo su mundo se vendría abajo. Normalmente no echo mano de esta arma letal, pero aquella tarde estaba demasiado enfadada para aguantarle sus monerías.

A la mañana siguiente, todas mis explicaciones fueron pocas para saciar el ansia de detalles de Irene. En vano le repetí una y otra vez que apenas había podido verle durante un minuto. Irene insistía:

—¿Y estás segura de que iba solo? ¿No había nadie esperándole fuera?

—No sé, Irene, yo tenía una pila de yogures delante de la cara, y estaba huyendo de Roberto, y mi madre me llamaba por el otro lado, y mi estupendo hermano me estaba tocando como siempre las narices. Juraría que estaba solo, eso es todo lo que te puedo decir.

—Una cosa parece clara —dijo Silvia—. Vuestro pequeño chiflado está hecho todo un delincuente. No creo que le veamos más por aquí.

Irene meneó la cabeza enérgicamente.

—Pues yo creo que volverá, y pronto. Juraría que se trata de una ausencia calculada, como todo lo demás.

—¿Calculada para qué?

Irene no respondió. Tú no podías dejar sin contestar una de sus preguntas, pero ella a veces se desconectaba de repente y ya estaba. Ya podías despedirte de sacarle más conversación. Ahora creo que lo que Irene quiso decir entonces era que el nuevo no hacía nada porque sí; que su conducta aparentemente desordenada se ajustaba en realidad a un plan que sólo él conocía, y que la propia Irene comenzaba de alguna forma a adivinar. Lo cierto es que las predicciones de mi amiga se cumplieron. Un par de días más tarde, el nuevo reapareció por el instituto. Y no venía solo.

Lo más llamativo de todo fue que aquella mañana, cuando se presentó con los demás macarras en mitad del recreo, el jefe de la banda, el de la camiseta de Lou Reed, caminara detrás de él como si fuera uno más. Y digo que era lo más llamativo porque chocaba mucho que el papel de líder hubiera pasado a desempeñarlo el nuevo, que medía veinte centímetros menos que el más bajo de los otros y tenía aquellos ojos azules tan infantiles y tan tristes. Pero por raro que nos pareciera, todos le siguieron hasta los escalones de la entrada y allí se sentaron, después de que él se sentara.

La llegada de la banda provocó gran expectación entre los alumnos. Aquellos tipos ni se parecían a los díscolos del instituto, que eran gente al fin y al cabo inofensiva, como el Lanas. Lo miraban todo como perros de presa listos para morder, y estaba claro que ya habían mordido antes. El nuevo era el único que no miraba. Fumaba abstraído, con la vista perdida en el infinito, como si ya tuviera a los otros para que mirasen por él.

Irene, que llevaba dos semanas aguardando al nuevo y haciendo conjeturas sobre la suerte que hubiera podido correr, se quedó atónita al verle. Eso era más o menos lo que nos pasaba a todos, pero en su caso había otro matiz. Ella era la primera investigadora del enigma, la que desde el principio le había observado y quizá la única que sabía algo de él.

—Va a pasar algo —dijo—. No ha venido porque sí.

Si Irene lo anunciaba, más valía prepararse. Los macarras siguieron allí sentados, sin dejar de vigilar a su alrededor, durante cinco tensos minutos. La mayoría de la gente se apartó de las inmediaciones. Algunos se metieron en clase y otros se fueron al bar. Nosotras nos quedamos donde estábamos, esperando. De pronto, uno de los macarras señaló hacia la valla. Volvimos la cabeza y vimos que en ese momento hacía su aparición Gonzalo. Venía con su impoluta camisa rosa, silbando, totalmente desprevenido.

Le dejaron llegar hasta la misma puerta. Antes de que entrara, uno de los macarras, el más alto, se levantó y le cortó el paso.

—¿Tienes un momento, Tarzán?

Gonzalo se quedó helado. Aquel sujeto le sacaba la cabeza, por lo menos. Los demás macarras soltaron una risotada. Todos menos el nuevo, que seguía con la mirada perdida muy lejos de allí.

—¿Qué quieres? —preguntó Gonzalo.

—Nada. Me han dicho que rompes cosas a la gente. Es que me gustaría que me rompieran un brazo. Éste —y enseñó un brazo de hierro, enorme.

—Oye, yo no te he hecho nada —protestó Gonzalo—. Déjame.

—¿Qué pasa, acaso no quieres rompérmelo?

—Bueno, basta ya. Yo no me estoy metiendo contigo.

Gonzalo hizo ademán de sortear al macarra, pero éste le agarró por un brazo y le arrinconó contra la pared.

—Mira, muñeco. A lo mejor te crees que voy por ahí pidiéndole esto a todo el mundo. Pues no. Esta mañana se me ocurrió que me apetecía currarme un poco con alguien y pregunté: ¿Quién es el más duro del instituto? El Gonzalo, me dijeron. Lleva ropa de marica, pero es duro de narices. A la menor va y te dice que te va a romper algo. Así que vengo aquí, con mis troncos, y ahora tú vas y me haces este desprecio. ¿Te parece bonito?

—Está bien, perdona —la voz de Gonzalo era apenas un susurro.

—Claro que si el problema es que no tienes pelotas —añadió el macarra—, pues vale, tú me lo dices, yo lo comprendo y ya está, tan colegas.

—Sí —murmuró Gonzalo.

—¿Sí qué? Dilo.

—Que, que…

—No te oigo, Tarzán.

—Que no tengo pelotas.

Irene no pudo aguantar más. Ante el asombro de todos, los macarras incluidos, se fue hasta donde estaba el nuevo y se interpuso entre su mirada y el vacío. Le buscó la cara y le espetó:

—Eres un imbécil. Esto no tiene maldita la gracia.

El nuevo la miró durante unos segundos. Parecía más pequeño, allí sentado en los escalones bajo la cólera de Irene. Al fin dijo:

—Otra vez tienes razón. A lo mejor lo que pasa es eso, que soy un imbécil. Pero si tú me lo pides, me los llevo.

—Llévatelos.

El nuevo se puso en pie, hizo un gesto con la cabeza y echó a andar hacia la valla. Los macarras le siguieron, risueños. El que había retado a Gonzalo le dio una palmada cariñosa en la nuca, antes de retirarse con los demás. Varios profesores se asomaron entonces, pero su intervención ya no era necesaria. En cuanto a Gonzalo, nunca le dio las gracias a Irene.

5° Mª

6

Una especie de arrepentido

Posiblemente, lo último que esperábamos del nuevo era que al día siguiente de organizar aquella
demostración con su cuadrilla decidiría reincor-
porarse como si nada a clase. Sin embargo, eso fue
justamente lo que hizo, poniendo fin de ese modo a
dos semanas largas de ausencia. Vino como siempre,
un poco tarde, con la carpeta con la foto de Lawrence
de Arabia bajo el brazo. Se fue sin mirar a nadie hasta
el fondo del aula y se sentó al final de la fila de la izquierda, donde solía.

Gonzalo palideció al verle, enrojeció después, y por
un momento pareció que pasaba por su cabeza alguna idea que debió descartar en seguida, gracias al recuerdo de cierto macarra del tamaño de un castillo. *lel*

En cuanto a la Rastafari, aquella mañana la encar-
gada de la primera sesión docente, la presencia del
nuevo la tuvo durante toda la clase visiblemente dis-
persa. Si el nuevo hubiera decidido volver a clase un
par de días antes, quizá habría encontrado alguna
manera de recordarle todas las faltas de asistencia
que le había apuntado y le habría recriminado dura-
mente su falta de disciplina. Incluso puede que hubie-

ra sentido la tentación de echarle sin contemplaciones. Pero tras el incidente del día anterior, del que a aquellas alturas estaba al corriente todo el instituto, más valía actuar con prudencia. Así que la Rastafari expuso como pudo el tema de Garcilaso de la Vega, nos leyó atropelladamente unos sonetos y en cuanto sonó el timbre se fue en busca de Anselmo, nuestro tutor. Anselmo se personó en la puerta del aula a los cinco minutos de la marcha de la Rastafari. Sólo dijo:

—Pérez, ¿puedes salir un momento?

Muchos nos temimos que el nuevo protagonizaría alguna de sus acostumbradas impertinencias, pero no fue así. Se levantó y fue dócilmente hasta el pasillo. Luego desaparecieron, él y el profesor. Todos sabíamos lo que aquello significaba. Se lo llevaban a jefatura de estudios. Sobre la decisión que allí debían tomar con él, se oyó una sugerencia:

—A ver si lo ponen en la calle de una vez —gruñó, cómo no, Gonzalo.

—¿Por qué? ¿Por devolverte la chulería? —saltó Irene—. En ese caso, también deberían ponerte en la calle a ti. A lo mejor lo que te molesta es que él fue más listo y mandó a otro, para no mancharse.

Gonzalo se quedó por un momento cortado. Aunque aquélla fuera una salida incomprensible por parte de Irene, sabía que con ella no era fácil entablar polémica. Cuando quiso replicar, ya era demasiado tarde. Entraba por la puerta el profesor de Latín y no hubo lugar para la discusión.

Después de la clase de Latín vino el recreo. Nos sonaba un poco estúpido seguirle llamando recreo, como en el colegio, pero las alternativas eran todavía peores. «Descanso» se confundía con lo que había entre clase y clase, y «descanso de media mañana» era demasiado largo. Salimos, pues, al recreo, y como la

69

mayoría de las mañanas decidimos dar un paseo fuera del recinto del instituto. A Irene se la veía hosca y meditabunda. Silvia, que a veces no tiene ningún tacto, quiso hacer una broma:

—¿A qué viene ese muermo? Tu amigo ha vuelto.

—No es mi amigo —se revolvió Irene—. Y tampoco sabemos si ha vuelto. Seguramente ya le han echado, a estas horas.

—¿Tanto te importa?

—No me importa nada. Sólo me importa haberme peleado con ese cretino de Gonzalo. Total, por defender a otro cretino.

—Olvídalo —sugerí—. Se lo merecía.

—Lo que me revienta es haberme enredado en una cosa así —me explicó—. Y sólo por la curiosidad. Aprende de Silvia. Es la más lista de las tres, y por eso va a ser rica y famosa. No por guapa. El mundo está lleno de guapas bobas que sólo sirven para que se aprovechen de ellas. Pero Silvia tiene la cabeza sobre los hombros. Sabe dónde no hay que perder el tiempo.

Silvia no supo cómo reaccionar ante semejante elogio. Yo tampoco, porque cuando Irene se arranca a hablar en ese tono solemne nunca sabes hasta dónde puede llegar si le das carrete. Durante el resto del recreo tratamos de charlar de otras cosas, pero lo conseguimos a duras penas. Creo que en realidad las tres pensábamos todo el tiempo en lo mismo; en si al reanudar las clases el nuevo estaría o no en su sitio al fondo del aula.

La sorpresa, mayúscula para todos, pero especialmente mayúscula para Gonzalo, fue que después del recreo el nuevo volvió a ocupar su asiento, y que además lo hizo con la bendición del jefe de estudios. Cuando entró en la clase todos le miraron estupefactos, tratando de adivinar qué habría hecho para evitar la expulsión. A esas miradas él respondía con un gesto entre satisfecho y beatífico, como si de pronto se hubiera convertido en un arcángel benefactor. A aquellas alturas, estaba claro que disfrutaba desorientándonos y viendo nuestras caras de asombro. La única que ocultó cuidadosamente su reacción fue Irene. Tras comprobar que el nuevo había logrado el indulto, adoptó un aire indiferente y clavó la vista en la pizarra.

Lo que sucedió a partir de entonces y durante los días que siguieron fue al principio difícil de asimilar. El nuevo, aquella especie de bala perdida que había empezado enfrentándose a los profesores, faltando a clase y mezclándose con la peor fauna del barrio, se había transformado de la noche a la mañana en el alumno modelo. Traía hechos todos los ejercicios, se presentaba voluntario en todas las asignaturas, incluso para los comentarios de texto que nos obligaba a hacer la Rastafari. Había que oírle decir, con la entonación impecable del más repugnante niño repollo:

—El tema de este poema es el *Carpe diem*, un tópico de origen latino sobre la pérdida de la juventud...

La Rastafari, incrédula, no dejaba de enredar los dedos en sus abalorios, y se hacía tales nudos que luego las pasaba canutas para deshacerlos.

Pero donde realmente brillaba el nuevo era en la asignatura de Anselmo, Matemáticas. Parecía como si aquella exhibición de buen comportamiento, con la que aparecía ante la clase como una especie de arrepentido, le interesara por alguna razón hacerla todavía más ostensible delante del tutor. Levantaba la mano para preguntar dudas en las demostraciones, sugería soluciones alternativas para los problemas y siempre andaba atento para echar un capote a cualquier compañero en apuros ante la pizarra. Había que reconocer que la asignatura se le daba, y pronto hubo quien sospechó que podía superar a Irene, la indiscutible número uno en la materia hasta entonces. Por lo pronto, Anselmo parecía bastante complacido con la milagrosa regeneración del nuevo, a quien felicitaba un poco aparatosamente cada vez que acertaba. Muchos empezaron a preguntarse qué habría pasado aquella mañana en la jefatura de estudios, y algunos especularon con alguna clase de pacto por el que el nuevo habría logrado el perdón: Anselmo había conseguido que no le echaran y a cambio el nuevo se hacía su pelota oficial. A mí eso no me encajaba con el carácter de Anselmo ni con el comportamiento anterior del nuevo, Silvia opinaba que todo era posible y la única que permanecía al margen de estas disquisiciones era Irene. Desde que el nuevo había dejado atrás su vida de malhechor para empezar a darles coba a todos los profesores, era imposible escuchar de los labios de mi amiga una sola palabra acerca del desconcertante José María Pérez.

Hubo algo, sin embargo, en lo que el nuevo no cambió: seguía solo y nunca buscaba la compañía de nadie. Nadie buscaba la suya, tampoco. Después de tantas idas y venidas, no había muchos candidatos a ganarse su amistad. Estaba demostrado que podía hacerse pasar por rebelde sin causa, inmigrante marroquí, matón de barrio y empollón complaciente. Pero nadie sabía quién era en realidad. La cuestión estaba en averiguar si todas aquellas identidades eran máscaras, o sólo lo eran algunas, o no lo era ninguna. A nadie le atraía la tarea, sin ningún provecho a la vista.

Sólo había habido una persona con las ganas y la astucia necesarias para ver más allá de tantas apariencias contradictorias, y esa persona ya no estaba por la labor. Algo que me obsesionó durante aquellos días fue tratar de determinar el momento exacto en el que Irene había decidido hacer como si el nuevo no existiera. A veces me parecía que todo se había acabado la mañana del incidente con los macarras y con Gonzalo. Otras, que había sido cuando el nuevo había vuelto a sentarse en clase, con la bendición de las autoridades académicas. Si se pensaba bien, aquella incertidumbre tenía su meollo: o bien Irene se había dejado de interesar por el nuevo al verle actuar como un desalmado, o bien él la había decepcionado al volver al redil. Alguno diréis que ya que Irene era mi amiga, bien podía haberle preguntado y no haberme calentado tanto la cabeza. No lo hice, en parte, porque no estaba segura de que fuera a contestarme. Pero, principalmente, no le pregunté porque tenía el barrunto de que ella prefería al desalmado.

Muchos envidiosos, Irene siempre los tuvo, interpretaron en seguida que mi amiga se sentía amenazada en su posición de primera de la clase y que por eso había empezado a mostrar aquella antipatía hacia el nuevo. Pero a mí esa explicación me parecía demasiado simple para poder justificar la actitud de Irene. Sobre todo porque ni remotamente era cierta. El nuevo, aplicándose, era bueno en Matemáticas, en Física y en Literatura, pero Irene, que también lo era en todo eso, le ganaba de calle en todo lo demás.

La ocasión de acallar todas estas murmuraciones se presentó un día en clase de Matemáticas, el punto fuerte del nuevo. Se trataba de un problema de límites. Había que hallar el límite de varias sucesiones para n tendiendo a infinito, o quizá a cero, eso es lo de menos. A Anselmo le gustaba ponernos ejercicios de ese tipo, cada vez más enrevesados, y desafiarnos a que sacáramos la solución al primer vistazo y la confirmáramos después con un cálculo detallado. En la pizarra estaba Esther, una de las alumnas menos dotadas para los problemas matemáticos. Se atascaba en todos los ejercicios que le iban poniendo, y para desatascarla Anselmo pedía una y otra vez voluntarios. Una y otra vez el voluntario era el nuevo.

—Infinito —decía una vez.

—Cero —apuntaba otra.

Una y otra vez, la solución que daba el nuevo era la correcta, según confirmaban primero el gesto de Anselmo y después el cálculo detallado. Así continuó el juego hasta la última sucesión, cuya fórmula había que mirarla varias veces para terminar de verla.

—De ésta paso directamente —dijo sin ninguna vergüenza Esther. Al menos, no podía negársele que tenía espíritu deportivo.

—Voluntarios —pidió Anselmo.

Sólo el nuevo levantó la mano.

—A ver, Pérez.

—Infinito —sentenció el nuevo, exultante.

—Exacto —celebró Anselmo.

Ya se disponía Anselmo a guiar a Esther por las intrincadas sendas del cálculo detallado que debía confirmar el pronóstico del nuevo, cuando una voz se alzó a mi lado para aguar la fiesta:

—Cero.

—¿Qué? —preguntó Anselmo.

—Que el límite es cero. Nada de infinito. Cero —repitió Irene.

—¿Tú crees?

—No lo creo. Lo sé.

Cuando Irene afirma estar segura de algo, casi da miedo. Ni siquiera Anselmo se atrevió a llevarle la contraria.

—Bueno, vamos a verlo.

Yo creo, todos creímos que el propio Anselmo supo en seguida que el esfuerzo iba a ser inútil. Hizo el cálculo con Esther y al cabo de un rato llegaron a lo que tenían que llegar. El límite era cero. Los ejercicios anteriores, en los que el nuevo había lucido sus habilidades, no significaban nada. Irene había estado muda durante toda la clase, mientras el otro resolvía aquellas tonterías sin importancia. Sólo había abierto la boca en el momento decisivo. Y cuando lo había hecho, había sido para machacar. Cero. No había nada más que decir. El nuevo podía ser espabilado, pero lo de Irene era otro nivel, y para quienes se habían atrevido a dudarlo quedaba claro desde entonces y para siempre. Hubo una comprobación que ella no hizo, pero yo sí. Me volví para ver la cara del nuevo. Y fue muy raro, porque no estaba colorado ni parecía de mal humor, aunque toda la clase se volvía hacia él como yo me estaba volviendo. Tenía en los labios esa sonrisa remota tan suya, como de niño infeliz que se tropieza de pronto con una alegría.

Y así, sin sorprendernos, permitiendo incluso que creyéramos que él era el sorprendido, dejó el nuevo que terminara aquel mes de octubre y empezara un mes de noviembre, que ya era más gris y más frío y que Irene, Silvia y yo afrontábamos bajo esa traicionera melancolía de los quince años con la que estábamos aprendiendo poco a poco a convivir. Los fines de semana salíamos por Getafe y poníamos en práctica uno cualquiera de nuestros planes insostenibles: paseábamos por el Tontódromo, íbamos al cine a ver películas de Jim Carrey, no conseguíamos colarnos en el Galway. Incluso es posible que algún sábado o algún domingo volviéramos a ir a Parquesur, que estaría más lleno, por la cosa del frío, y que allí chupáramos perezosamente las pajitas clavadas en las aguadas cocacolas de una hamburguesería de la que tal vez acabaron echándonos. Sin embargo, no volvimos a encontrarnos por ahí con el nuevo, ni vestido con la camisa militar y en compañía de sus amigos vándalos, ni de ninguna otra manera. Sólo le veíamos en clase, desempeñando sin ningún fallo su último papel, el de alumno modelo.

Aquello duró más o menos hasta la segunda semana de noviembre, cuando el nuevo, de quien ya habíamos dejado de esperar que nos ayudara a superar el aburrimiento de aquel curso y de aquel otoño, decidió volver a actuar. Esta vez no se presentó acompañado de una partida de macarras, ni vestido de nada exótico, ni siquiera le dio por volver a hacer de rabiar a los profesores. Ya no era tiempo de andarse con rodeos.

Eligió para su maniobra el mejor momento, la clase de Educación Física. Después de la primera media hora, durante la que nos sometía siempre a torturas varias, el Sargento Furia nos dejaba a veces hacer partidillos de baloncesto o de fútbol, con lo que la clase se relajaba bastante y cada uno se juntaba más o menos con la gente con la que congeniaba. Nosotras, como casi todas las demás chicas, solíamos jugar al baloncesto, donde no había peligro de patadas. El problema era que había dieciocho chicas y una sola cancha, lo que nos obligaba a pasar a todas la mitad del tiempo en el banquillo. Estábamos Irene y yo allí, esperando nuestro turno de jugar, cuando vimos acercarse al nuevo. Por un momento creímos que iría a alguna otra parte, pero pronto comprendimos que venía directo hacia nosotras.

—Viene hacia aquí —murmuré, más alarmada que otra cosa.

—Que venga —dijo Irene, impasible, y volvió la cara hacia el otro lado.

El nuevo llevaba un chándal azul que le estaba un poco grande y traía la cara congestionada. Hasta un par de minutos antes debía haber estado jugando al fútbol, y allí se tiraba todo el rato corriendo arriba y abajo del campo. No tocaba mucho, pero siempre estaba cerca de la pelota.

—Perdonad —nos abordó.

Irene ni siquiera se dignó mirarle. Eso me dejó a mí en una posición bastante incómoda, porque o bien la imitaba o bien asumía yo la representación de las dos. Al final no dije nada, pero tampoco pude ser tan arisca como mi amiga. Le miré como confundida, que es algo que no se me da mal.

—Irene —dijo él, sin arrugarse.

Como comprenderéis, en ese momento deseé tener la facultad de esfumarme sin dejar rastro, porque no sabía muy bien a qué jugaba él ni por dónde le iba a salir mi amiga, pero lo que resultaba evidente era que allí Laura Gómez, o sea, yo, pintaba menos que Blancanieves en un episodio de *Los vigilantes de la playa*. Por fortuna, no tuve que seguir poniendo cara de lela, porque al fin Irene se volvió y le preguntó:

—¿Qué hay que perdonarte?

El nuevo, indudablemente, estaba preparado para un mal recibimiento. Con su tono más amable, contestó:

—Todo, supongo. Según tú, he sido primero un canalla y luego un imbécil. Y ahora vete a saber qué pensarás.

—Ahora no pienso nada —aclaró Irene.

—Pero no venía a pedirte perdón. Era una forma de hablar. Nunca pido perdón y no veo por qué tendría que pedírtelo a ti —al decir esto, el nuevo sonrió dulcemente—. Sólo venía a despedirme.

Conozco bien la velocidad de reacción de Irene y

pude contar algunas décimas de segundo más de las habituales antes de que respondiera:

—¿Otra vez? Vaya. Anselmo te echará de menos. Y la Rastafari. Creo que se había acostumbrado a que alguien le hiciera caso.

El nuevo esquivó la burla:

—Eso no me importa. Fue una táctica necesaria en su momento. Ahora ya no me hace falta. Lo que sí me importa es despedirme de ti.

Irene le observó fijamente. Los ojos de Irene no son nada especial, marrones y ni siquiera demasiado grandes. Pero la luz que sale de debajo no la he visto en muchos ojos. El nuevo aguantó aquella luz.

—¿De mí? —dijo al fin Irene—. ¿Y a qué debo el honor?

—No tengo que explicártelo. Lo sabes. Lo sabías cuando interviniste para salvar a Gonzalo. Te diste cuenta de que te había elegido.

Irene reaccionó rápidamente:

—De lo que tú no pareces darte cuenta es de que yo no te he elegido a ti.

El nuevo meneó la cabeza lentamente.

—Eso tampoco importa. No te estoy pidiendo nada. Sólo quería decirte que desde mañana ya no vendré a clase. Podría haber desaparecido sin más, ya que a ti te da igual lo que pase conmigo. Pero quería que lo supieras. Quería que supieras que lo único que echaré de menos de todo esto serás tú.

—Ah. ¿Y tengo que emocionarme por eso?

—No hace falta. Hasta luego, Irene. Me ha gustado mucho conocerte.

Aquélla era una de las experiencias más surrealistas de mi vida. Allí estaba yo, en medio, mientras el nuevo poco menos que se le declaraba a mi amiga y ella no dejaba de escupirle. Y ahora el nuevo se iba por donde había venido y mi amiga se quedaba rumiando oscuros pensamientos. ¿Fin de la alucinación? No. Todavía Irene acertó a gritar:

—Eh. ¿Por qué yo?

El nuevo se detuvo, se volvió y preguntó a su vez:

—¿Podría haber sido otra?

Irene se quedó pensativa, el nuevo regresó al campo de fútbol y yo chapoteaba en la más miserable confusión. Tuve que confesárselo a mi amiga:

—Me he perdido, Irene.

Esta vez, Irene tardó en hablar.

—Si me guardas el secreto, yo también —dijo, ensimismada.

7

Irene a la deriva

L a situación, resumida en dos patadas, era más o menos ésta: a principios de curso nos habíamos encontrado en clase a un chaval de poca estatura, ojos azules y aniñados, flequillo rubio y aire silencioso. El nuevo alumno, contra lo que podía sugerir su delicada apariencia, había resultado desde el primer momento propenso a enfrentarse temerariamente con los profesores y a comportarse de forma incomprensible, vistiéndose con ropas anormales y haciendo exageradas exhibiciones de resistencia física. Por si eso no bastara, también había demostrado su capacidad para burlarse cruelmente del alma más cándida del instituto. El único afecto que se le sospechaba, gracias a una vieja fotografía que llevaba en su carpeta, se refería a un tal T. E. Lawrence o Lawrence de Arabia, aventurero británico de la Primera Guerra Mundial. Más adelante se había podido comprobar que el nuevo alumno se mezclaba con maleantes junto a los que provocaba peleas, y de los que al parecer había tomado el hábito de robar en los hipermercados. Como muestra de su desprecio por la autoridad, había dejado de acudir a clase durante más de dos semanas. Al cabo de ese tiempo, se había plantado en el instituto, acompañado de sus compinches, para amenazar a alumnos inofensivos. Poco después, inexplicablemente, había vuelto a clase. Tras una negociación con el jefe de estudios, cuyo contenido se ignoraba, el nuevo alumno había acatado la disciplina y se había vuelto sumiso y estudioso. Así se había mantenido hasta que una mañana, en la clase de Educación Física, se había acercado a Irene para decirle que se proponía dejar de venir a clase y que la echaría de menos. Y al día siguiente, su sitio volvía a estar vacío.

—Está como una cabra, simplemente —sentenciaba Silvia.

—A lo mejor todo esto tiene una lógica que no podemos ver —dudaba yo.

Irene no decía nada.

Durante una semana, día arriba o abajo, a Anselmo y a los demás profesores se les vio muy preocupados por la segunda desaparición del nuevo. Trascendió que habían hecho averiguaciones y que habían intentado hablar con sus padres, pero nadie contestaba en el número de teléfono que presuntamente correspondía a su casa y tampoco consiguieron por otros medios entrar en contacto con ellos. Al parecer el padre del nuevo viajaba al extranjero con frecuencia por motivos de trabajo, a los que también se debía que hubieran vivido algunos años fuera del país. Por un par de días, el asunto fue el centro de atención. Al cabo de la semana, casi nadie hablaba ya de él. A los diez días, todos se habían olvidado. El curso seguía adelante, estábamos a finales de noviembre y teníamos a la vuelta de la esquina los exámenes de diciembre. Hasta ese momento, podía una tomarse más o menos a la ligera todo, pero la sola palabra *exámenes* nos recordaba lo que éramos, estudiantes y por *lol*

tanto ciudadanos de segunda condenados a sufrir antes de poder participar como cualquiera del espíritu navideño.)

Fue misteriosamente en esas fechas, que por lo común ella enfrentaba con más responsabilidad y más sensatez que nadie, cuando Irene empezó a hacer cosas raras. La primera irregularidad ocurrió un sábado. Nos habíamos citado en casa de Silvia para ir desde allí al cine. Habíamos quedado a las seis, y eran las seis y media y no había ni rastro de Irene. Hay gente que queda habitualmente a una hora para presentarse media hora más tarde, pero el retraso mayor que le recordábamos a Irene no debía superar los cinco minutos. Decidimos llamar a su casa, para ver qué ocurría.

—Se fue de aquí a las seis menos cinco —nos dijo su madre.

—Ah, bueno. Habrá creído que quedábamos ya en el cine —sugirió sobre la marcha Silvia, para no asustarla.

Esperamos hasta las siete y media, y al final no fuimos al cine. En lugar de eso, salimos a dar una vuelta para ver si la encontrábamos. Anduvimos por el centro hasta las diez. A esa hora volvimos a casa de Silvia, no sólo preocupadas, sino también dudando si no debíamos avisar de que Irene había desaparecido. Nada más llegar, la madre de Silvia nos informó:

—Ha llamado Irene, hace un ratito. Que ha tenido no sé qué cosa. Que ya os llamará mañana.

Al día siguiente, Irene nos llamó a las dos. Y a las dos nos dijo lo mismo:

—Perdona por lo de ayer. Esta tarde también tengo cosas que hacer. Ya te explicaré el lunes.

Aquel domingo por la tarde Silvia y yo nos lo pasamos devanándonos los sesos sobre qué podía ser aquello que Irene iba a explicarnos el lunes. Pero cuando la vimos el lunes, no nos explicó nada. Estaba como ida, lo que resultaba inconcebible tratándose de Irene. Al principio no quisimos preguntarle, pero cuando vimos que pasaban las horas y no parecía tener intención de contarnos nada, Silvia no pudo aguantarse y le reprochó:

—Está bien que somos amigas y lo comprendemos todo, pero el sábado nos tuviste hora y media esperando y otras dos horas y media con el alma en vilo. Por lo menos podrías decir que lo sientes.

Irene la miró como si no comprendiera bien. Daba la impresión de que le costaba salir del pozo de sus cavilaciones.

—Desde luego —dijo—. Desde luego que lo siento.

—¿Y? —insistió Silvia.

—No os lo puedo contar ahora. Yo misma no lo tengo muy claro.

¿Era aquélla realmente Irene? ¿No se habría apoderado de nuestra amiga algún ladrón de cuerpos que la habitaba contra su voluntad? No le había costado nada decir aquella frase, *no lo tengo muy claro*, que en el cerebro de la Irene habitual habría hecho saltar chispas. A esta Irene embobada y casi increíble le había salido tal cual, tan naturalmente.

Con la misma naturalidad con que el viernes siguiente nos dijo:

—Este fin de semana tengo que estudiar para los exámenes. Si os parece ya nos vemos el lunes.

Silvia y yo nos miramos. Si acaso, las que teníamos que estudiar éramos ella y yo. Estaba más que demostrado que Irene venía a necesitar entre la mitad y la tercera parte del tiempo que nosotras necesitábamos para preparar cualquier examen. Y eso sin contar con que luego Silvia o yo conseguíamos como mucho algún notable mientras que ella no bajaba del sobresaliente. Pero Irené no nos dio oportunidad de rechistar. Antes de que pudiéramos hacerlo ya se había metido en su portal y subía por las escaleras.

Para entonces, ya estábamos bastante escamadas. El tiempo que pasábamos con ella, Irene siempre parecía estar en otra parte, y aunque a veces se esforzaba por ser simpática, por lo general se desenchufaba de nuestras conversaciones y más bien parecía que las toleraba por la pura inercia de andar con nosotras desde el colegio. Ya nos hacíamos cargo de que no siempre nuestros temas de conversación eran la cosa más apasionante del mundo, pero antes eso no había sido impedimento para que Irene participara y compartiéramos buenos ratos. Lo único que podía consolarnos era que no éramos nosotras las únicas víctimas de su falta de atención. Esa misma semana le pasó dos veces, con Anselmo y con el de Latín, que le preguntaron algo al hilo de lo que se estaba diciendo en clase y sólo pudo responder:

—¿Cómo?

A toda la clase le chocó que en el espacio de un par de días la infalible Irene fuera sorprendida dos veces mientras andaba flotando por el limbo, y no pocos gozaron del momento como de una secreta venganza. Pero a los envidiosos les aguardaban momentos de más placer. En adelante, Irene iría todavía a peor. Fue a partir de ahí cuando Silvia y yo empezamos a mosquearnos de verdad, porque gracias a sus sucesivos patinazos pudimos probar lo que en cierto modo ya sabíamos: que Irene nos mentía.

Al siguiente fin de semana, y al otro, la excusa fue la misma: tenía que estudiar para los exámenes. Y el resultado de tanto estudio lo empezamos a ver muy pronto. Un día, Anselmo la sacó a la pizarra. El problema al que tenía que enfrentarse era bastante rutinario, algo que la Irene de siempre habría despachado sin inmutarse, incluso con cierto fastidio porque el profesor sospechara que la ponía en la más mínima dificultad. De hecho, nos extrañó que Anselmo la sacara a un ejercicio tan fácil. No era lo corriente.

Pero el problema tenía una pega. Trataba de algo que habíamos empezado a ver la semana anterior, y para resolverlo era necesario haber atendido a las explicaciones o haber estudiado algo desde entonces. Irene apuntó el enunciado en la pizarra y se quedó mirándolo. Verla pensar, ante un ejercicio que estaba tan por debajo de sus aptitudes, ya era todo un síntoma. Durante esos segundos, dedujimos después, Irene sopesó si podría improvisar y cubrir con su astucia la falta de conocimientos. Se dio cuenta en seguida de que no, y comprendió que no podía arriesgarse para terminar haciendo el ridículo. Irene tenía demasiado orgullo para eso. Así que reconoció:

—No sé hacerlo.

—¿Qué? —preguntó Anselmo, interpretando el estupor general.

—Que no sé hacerlo.

—No lo entiendo. No es tan difícil —dijo Anselmo.

—El caso es que no sé —insistió Irene, con una pizca de altanería. Parecía una mártir, como si estuviera sacrificando su impecable reputación académica por una causa sublime que lo justificaba todo. Una causa que los demás desconocíamos, y que la ponía a salvo de nuestra compasión.

—Piénsalo bien —le ofreció todavía Anselmo—. A nada que hayas atendido en clase y hayas ido haciendo los ejercicios, deberías poder resolverlo.

Aquí Irene ya no abrió la boca. Esperó a que Anselmo le permitiera volver a sentarse, y cuando vino hacia su sitio, cargando por primera vez en su vida con un cero a sus espaldas, era imposible distinguir ninguna emoción en su rostro. El problema lo solucionó Gonzalo. En otros tiempos, eso la habría enfurecido, pero en esta ocasión ni siquiera pareció afectarla.

Después de aquel primer cero, Silvia y yo no sabíamos qué hacer. ¿Qué puedes hacer cuando descubres que una de tus mejores amigas te miente sistemáticamente y sospechas que tiene un secreto que no quiere compartir contigo? Quizá lo último que autoriza la amistad es obligarla a mentir más. Por eso Silvia y yo no quisimos preguntarle qué le pasaba. Sólo le dimos pie a que confiara en nosotras, si quería.

—¿Estás bien? —le dijo Silvia, al final de aquella clase.

—Claro —contestó, aparentando indiferencia—. El mundo no se acaba porque te pongan un cero. Tiene remedio.

No escarbamos más. Era obvio que Irene no quería confiarse.

El segundo incidente se produjo con la Rastafari. Nos había mandado un trabajo sobre el Renacimiento que había advertido que deberíamos entregarle y que sería tenido en cuenta para la nota de aquella evaluación. Al final de la clase, pasó mesa por mesa recogiendo los ejercicios. Empezó por la fila de la derecha, siguió por el final de la nuestra, la del centro, y cuando llegó hasta nosotras se encontró con que Silvia y yo le tendíamos nuestros trabajos, pero Irene se quedaba con los brazos cruzados.

—¿Y el tuyo, Irene?

Irene demoró un poco su respuesta. Pero la pronunció con voz clara, mirando a la Rastafari a los ojos.

—No lo he hecho.

—¿Y eso?

Irene se encogió de hombros.

—Sabes lo que significa no entregar el trabajo —advirtió la Rastafari.

—Creo que sí.

—Tendrás que sacar un diez en el examen.

—Ajá.

Era como si le hubieran dicho que el sol salía por la mañana. Nadie dudaba de la capacidad de Irene para hacer un examen perfecto, pero aun suponiendo que lo lograse, eso sólo le permitía aspirar a un mísero aprobado. La Rastafari, sin apreciar a Irene tanto como otros profesores, la apreciaba. Por eso o por alguna otra razón se vio obligada a ofrecerle ayuda.

—Esto no me encaja nada en ti, Irene —dijo, con su tono más comprensivo—. ¿Quieres que hablemos al final de la clase?

Irene meneó la cabeza.

—No —contestó, convencida.

En aquella ocasión, ni siquiera hizo falta que Silvia o yo tratáramos de tirarle de la lengua, cosa que a la vista de los precedentes nos tentaba más bien poco. Irene, espontáneamente, nos dio un pretexto:

—No me apetecía nada hacer ese trabajo.

Y un segundo después comentó, como si fuera algo divertidísimo:

—¿Habéis visto su cara? Bien vale el cero.

—Sí, ella pone la cara, pero el problema lo tienes tú —dijo Silvia.

—¿Problema? —se revolvió Irene—. No tengo ningún problema. Puedo sacar esta tontería en junio, y si no en septiembre.

—Si vas a septiembre te estropearás la nota para la selectividad —le advertí.

—¿Y qué, que no podré entrar en la Carlos III?

La Carlos III es la universidad que hay en Getafe. Tiene fama de dura y de escogida, y hace falta buena nota para entrar.

—Por ejemplo —asentí.

—Puedo irme, qué sé yo, a Albacete. O puedo no hacer ninguna carrera.

Aquello era otra novedad. Hasta entonces, según los días, Irene quería ser médica, arquitecta, abogada, economista, ingeniera, arqueóloga, astrofísica o matemática. Nunca le había atraído ninguna profesión para la que no hiciera falta pasar por la universidad. En cuanto a lo de Albacete, era un simple despropósito. Irene sabía que sus padres, como los míos o los de Silvia, no tenían dinero para pagarle los estudios fuera de Madrid.

—¿Y qué vas a hacer si no sigues estudiando?

—Puedo ser peluquera, o cajera de un hipermercado. Incluso podría alistarme en el ejército. Ahora cogen mujeres.

Tengo una vecina que es cajera, y una prima de Silvia trabaja en una peluquería. Se ganan su sueldo y no están descontentas, pero nunca podría imaginar a Irene haciendo ese tipo de trabajos. Y aunque no conozco a ninguna chica que se haya alistado en el ejército, de una cosa se puede estar segura: Irene, con su costumbre de discutirlo todo, sería un soldado imposible. Después de aquella salida, Silvia y yo intuimos que Irene nos estaba tomando el pelo y cambiamos de tema. Si ella quería que siguiéramos al margen de lo que le pasaba, no podíamos hacer nada más que aguantarnos.

Así avanzaron los días, inexorablemente, hasta la espantosa semana de los exámenes. Lo único bueno que tienen esos días de miedo y tensión es que consiguen que te olvides de cualquier otro problema. Durante esa semana, cada estudiante está demasiado preocupado por salvar el pellejo como para perder el tiempo con otras preocupaciones. Los exámenes propiciaban el triunfo del egoísmo más absoluto, y Silvia y yo no éramos una excepción. Por espacio de cinco días, permanecimos sumidas en nuestros propios apuros y no pensamos en los de Irene. En cuanto a ella, aunque continuaba rara, hizo los exámenes, como todos, y al terminar cada uno, cuando le preguntábamos cómo le había salido, respondía invariablemente:

—Bien —y se negaba a comentar cualquier aspecto sobre el que tuviéramos dudas. Si alguien le consultaba, se desentendía siempre de la misma forma—: No hay que torturarse, ya darán las notas la semana que viene.

Y nos las dieron, claro. Fue el día antes de las vacaciones, con lo que a algunos se las amargaron y a otros, en cambio, les proporcionaron argumentos para reclamar sus regalos de Navidad. El mundo es siempre así; lo que hunde a unos, aúpa a otros. Silvia pinchó en Latín y yo recibí un aviso de Anselmo. Por lo demás, habíamos salido bien libradas. Lo de Irene fue otro cantar. Había aprobado raspando Matemáticas, Inglés y Ciencias, había sacado su sobresaliente de siempre en Educación Física y había suspendido las restantes. El Lanas se habría ido a celebrar por todo lo alto unas notas así, pero para Irene era una catástrofe. No quiso que lo pareciera.

—Alguna vez tenía que pasar, ¿no? —dijo, esforzándose por sonreír. Pero era una sonrisa quebradiza, como si Irene, que sabía cómo había hecho los exámenes y debía esperarse aquellas notas, no hubiera terminado de mentalizarse para recibirlas. Llevaba demasiados años de triunfos.

Ya no podía cabernos ninguna duda. Si no hubiéramos sido sus amigas, le habríamos echado en cara todos aquellos pretendidos fines de semana de estudio, que tan poco resultado le daban. Pero éramos sus amigas.

—¿Sabes lo que haces, Irene? —dijo Silvia.

—¿No podemos hacer nada? —dije yo.

Aquella Irene que no era nuestra Irene nos dio entonces la última, la definitiva confirmación:

—No. Vamos, que no sé lo que hago y que además vosotras no podéis hacer nada —y torció todavía más los labios en aquella sonrisa rota, antes de irse. Quienes la vieron, pensaron que la empollona no sabía encajar unas cuantas calabazas. Y en parte acertaban, qué duda cabe. Pero Silvia y yo nos temimos que había algo más importante que todo eso.

Irene volvió a llamarnos el día de Año Nuevo. Nos reunimos como siempre, en casa de Silvia. Quedamos allí a las seis, como si no hubiera pasado nada, y nadie le pidió cuentas. Fue ella quien dijo:

—Creo que tengo que contaros algo.

A los ojos de Irene se asomaban un par de lágrimas. Ni Silvia ni yo recordábamos haberla visto llorar nunca. Tampoco llegó a hacerlo esa tarde. Quizá para ayudarse a contener aquellas lágrimas que temblaban al borde de sus párpados, en sus labios empezó a temblar una historia. Es la historia que copiaré ahora, procurando respetar lo que ella nos contó.

8

El hechizo del desierto

Todo empezó aquel sábado, del que os acordaréis. Aunque al decir esto dudo si estaré haciendo honor a la verdad. En el fondo, todo había empezado antes, en un momento que me cuesta mucho decidir. Quizá cuando le negó su nombre a Anselmo, quizá cuando se hizo expulsar por la Rastafari.

Después jugó deliberadamente a estropearlo y a estropearse, pero algo del oscuro atractivo del principio quedaba cuando apareció aquel sábado, para proponerme lo que no debía aceptar y sin embargo acepté.

Salí de mi casa a las seis menos cinco, como siempre, y me dirigí tranquilamente hacia el bloque de Silvia. Apenas había recorrido treinta metros cuando me encontré con él. Estaba apoyado en una esquina, como si supiera que iba a pasar por ahí. Bueno, seguramente lo sabía. Mi primer impulso fue rebasarle, pero la curiosidad pudo más. O quizá fue la malicia. Me miró, le miré, y como no parecía que fuera a hablar él primero, lo hice yo:

—Creía que ya te habías despedido.

Dejó escapar una risita.

—Tienes razón al regañarme —reconoció—. Como siempre.

—Es que llegaste a conmoverme, con eso de que me ibas a echar de menos. Pero ya veo que era sólo teatro.

Se despegó de la esquina y se irguió. Nunca habíamos estado así, frente a frente, tan cerca y los dos de pie. Me sirvió para ver que era un poco más alta que él. Eso en realidad no significaba nada, pero siempre da confianza, aunque no sea más que una confianza estúpida.

—¿De verdad conseguí conmoverte? —preguntó.

—Sólo un poco, y ya está olvidado. Ahora me doy cuenta de que era otro de tus juegos. Me pregunto a qué estarás jugando ahora. También se lo preguntan todos, en el instituto, o se lo preguntaban. Anselmo quiso hablar con tus padres, pero parece que ya se le ha pasado.

—Mejor, así no pierde el tiempo. Pero estás muy equivocada.

—En qué.

—No me gusta jugar, y menos contigo.

No sólo estaba tan cerca de él como para saberme un poco más alta. También podía distinguir las vetas de color azul marino de sus ojos. Mezcladas con otras vetas más claras, casi grises, formaban esa mirada inocente y también un poco insondable que me había intrigado desde el principio. Me estiré ligeramente, para hacerle sentir todavía más bajo.

—¿Y piensas que me lo voy a creer? —le desafié.

—Pienso que me creerás cuando me escuches.

—La lástima es que no veo cuándo voy a poder escucharte, si no vas a volver al instituto. ¿O irás a pedirle otra vez perdón a Anselmo?

Aquello no le gustó.

—Nunca le he pedido perdón —dijo—. Le convencí, que es distinto. De todos modos, no voy a ir más al instituto y tampoco eso es ningún problema. Podemos hablar ahora, por ejemplo.

Aquello era el colmo de la desfachatez. Aparecía cuando quería y donde quería y exigía que le atendieran como si no hubiera otra cosa en el mundo. Me apeteció demostrarle que conmigo se había equivocado.

—Lo siento, pero suponiendo que me interesara escucharte, que ya es mucho suponer, ahora tengo una cita. Y ya llego tarde.

Y eché a andar. Mientras lo hacía esperé que él intentase retenerme, o que echara a andar detrás de mí. No hizo nada de eso. Se quedó en su esquina y volvió a apoyarse en la pared. Lo vi al volverme para comprobar si me seguía, y aunque en seguida miré otra vez al frente con la firme intención de alejarme de allí, algo empezó a sonar en mi cabeza: «No me gusta jugar, y menos contigo». Lo oía una y otra vez, y una y otra vez me empeñaba en persuadirme de que sólo era una frase, una cualquiera de sus trampas. Pero no terminaba de zafarme de ella. Pensé en la otra frase: «Lo creerás cuando me escuches». No si le escuchaba, sino cuando le escuchara. Para él sólo era cuestión de tiempo, y esa seguridad suya por una parte me irritaba y por otra me hacía dudar a mí. Pero lo peor de todo era que se quedara allí, pegado a su esquina, como si no fuera él quien me había buscado. Parecía decir: «Allá tú, yo sólo te daba la oportunidad». Y mientras avanzaba, cada vez me costaba más convencerme de que no era eso, una oportunidad, lo que estaba desperdiciando. Le había fisgado en la carpeta, había perdido el tiempo en hacer mil conjeturas calenturientas, y ahora que le tenía a mi disposición para contármelo todo, me iba como una idiota. Me fastidiaba en el alma aquello que iba a hacer, pero lo hice. Me paré.

Ya puestos, también me di la vuelta. En ese instante, él volvió a erguirse y me miró, a la expectativa. Ya le había concedido bastante, y lo que no estaba dispuesta a hacer era retroceder hasta aquella esquina para darle todavía más gusto. Busqué el banco más cercano y me senté. Si lo pensaba bien, me estaba portando de una forma absurda. Sentarme era casi peor, parecía como si le invitara, y lo que ya daba

93

por descontado era que llegaría tarde a mi cita. No es muy educado admitirlo, pero de pronto la cita era lo que menos me importaba. Poco a poco, se desdibujaba de mi mente.

Él aceptó el trato. Vino hasta el banco, sin prisa. No intentó sentarse.

—¿Y qué es lo que me querías decir? —le solté, sin darle tregua.

Tenía las manos metidas en los bolsillos. Alzó un poco los hombros y le pegó una patada a una piedra.

—Lo que quiero es que me escuches —dijo.

—Pero será para decirme algo.

—No necesariamente. O sí, pero quizá lo que yo diga es lo de menos. Tampoco tengo nada genial que decir, ni me he preparado un discurso. Sobre todo, me gustaría que vinieras conmigo a un sitio.

—¿Ahora?

—Sí.

—Te he dicho que tengo una cita —me aferré por última vez a la idea.

—Ya lo he oído. Escucho atentamente todo lo que dices.

Así era, sin más. Lo había oído, me escuchaba atentamente, ya contaba con ello. Contaba con que mandara al cuerno mi cita.

—¿A qué sitio?

—Cerca, lo verás cuando lleguemos.

Me reí.

—Increíble. ¿Y qué te hace pensar que tengo la más mínima predisposición a fiarme de ti así, para que me lleves a donde te parezca?

—Sabes que puedes fiarte. Nadie más podría, es cierto, pero tú sí.

—¿Y yo, por qué?

—Haz memoria. Puedo ser un canalla y un imbécil, y muchas más cosas que no me dijiste, pero a ti siempre te he respetado.

Hice lo que me proponía, recordé y no tuve más remedio que admitirlo. Antes o después, había arremetido contra todo y contra todos, pero a mí me había aguantado que le insultara y hasta que le diera órdenes. Y lo que era más insólito, cuando le había mandado algo, lo había hecho sin rechistar. ¿Era eso suficiente para que me olvidara de que había quedado con mis dos mejores amigas y le dejara llevarme quién sabía adónde? Debió olerse mi vacilación, porque se apresuró a explicar:

—De verdad que el sitio no está lejos. Lo que pasa es que no sabría cómo describirlo para que te orientaras. En realidad es como si no estuviera en ninguna parte. Para mí, eso es lo mejor que tiene.

Supongo que a cualquier otra aquella explicación habría terminado de decidirla para levantarse del banco, acudir a su cita y olvidarse de aquel lunático. Supongo que debería haberme pasado a mí misma, ya que presumo de pensar las cosas y de ser siempre razonable. Pero sospecho que fue justamente eso lo que, al contrario, me impulsó aquella tarde a comportarme como si yo fuera otra lunática. De pronto me entró un ansia irresistible de averiguar cómo sabía aquello de hacer algo sin sentido, algo que rompiera el orden y la lógica, o que más bien obedeciera a una lógica al revés, como la de aquel personaje tan huraño con todos y tan suave conmigo.

Pero no podía decirle que sí, sin más. Ni me dejaba mi orgullo ni habría estado a la altura de las circunstancias.

—No voy a fiarme de ti porque sí —le dije—. Tendrá que ser a cambio de algo. Algo que me demuestre que de veras te importa que vaya.

—Pide.

—Quiero saber qué le dijiste a Anselmo para convencerle de que no te expulsaran. Quiero saber también por qué les estuviste haciendo la pelota a todos después y por qué has vuelto a dejar de ir a clase ahora. Y no trates de engañarme, que me daré cuenta.

Me escuchó atentamente, como él decía. Y cuando ter-
miné mi andanada, que yo esperaba que le abrumaría, pre-
guntó, impasible:

—¿Nada más?

—¿Es poco?

—Una minucia. Creí que ibas a pedirme algo impor-
tante.

Me hizo titubear, pero no quise que lo notara.

—Pues si vale tan poco, no deberías dar tantos rodeos
—le piqué.

—Claro que no. Lo que le dije a Anselmo fue simple-
mente la verdad. Él me preguntó dónde podía localizar a
mis padres, y yo le respondí que a mi madre de ninguna
manera, y a mi padre cuando volviera de donde estaba tra-
bajando. Después quiso saber dónde estaba mi padre, y yo
le dije que en Chile. Podría haberle dicho también que vol-
vía al día siguiente, pero no me había preguntado por eso.
En resumen, que Anselmo vio que no era conveniente ex-
pulsar a un alumno que estaba solo en casa; temía que sólo
serviría para echarme a perder todavía más. Convenció al
jefe de estudios para que me perdonaran y yo sólo tuve que
prometer que me portaría bien. Y como lo había prometido
y tampoco me interesaba que intentaran localizar otra vez
a mi padre, que ahora sí estaba en casa, me porté bien. Me
imagino que a eso es a lo que tú llamas hacerles la pelota,
así que queda contestada tu segunda pregunta y sólo me
queda la última. Dejé de ir a clase definitivamente el mis-
mo día que mi padre volvió a marcharse. Ya no me importa
que los del instituto llamen a casa. Si no cojo yo el teléfono,
no lo cogerá nadie. Y eso es todo. Ahora tendrás que venir
conmigo.

Se me debió quedar cara de tonta, que era sin duda la
más apropiada a mi situación. Me había largado su histo-
ria, que yo había imaginado llena de secretos inconfesables,
como quien estuviera recitando algo tan viejo y tan sabido

como el Padrenuestro. Y lo más impresionante, después de todo, era que en aquel minuto y medio había averiguado más cosas acerca de él que en los dos meses anteriores. Ahora no tenía otra salida que acompañarle, y al comprenderlo me sentí como un pájaro enjaulado. Por lo menos, me dije, ya que había hecho el idiota, no podía perder la dignidad.

—Tú dirás hacia dónde —me rendí, y me levanté para que quedase claro que a pesar de todo él seguía siendo más bajo que yo.

Durante el camino no hablamos mucho. Me dio la sensación de que no me había mentido: ante todo, quería llevarme a aquel sitio. Cruzamos la avenida de las Ciudades y seguimos hacia la zona de Getafe Norte. Una vez allí, llegamos hasta la piscina cubierta y después torcimos hacia las obras del estadio. Se paró a mirar las gradas. Tal y como me había prometido, no nos habíamos alejado mucho. Veinte minutos de caminata, no más.

—No será éste tu famoso sitio —me burlé, señalando la silueta del estadio a medio levantar.

—Por supuesto que no. Cuando terminen eso, ya no se podrá venir aquí. Es un poco más allá, cruzando la carretera.

Cruzamos la carretera de Villaverde y subimos al terraplén que hay entre el hipermercado y esa otra carretera más ancha, la M-402. Es la única indicación que se me ocurre para situároslo. Es un terraplén sembrado de césped, con unos pocos árboles minúsculos y un sendero de piedras. Todo parece nuevo y recién puesto, quizá de este mismo otoño. Casi en lo más alto del terraplén hay una especie de meseta y sobre ella se ve una papelera y un banco solitario. Llegamos hasta aquella meseta.

—Éste es el sitio —anunció, como si fuera el Palacio de Oriente.

Se sentó y yo también me senté. Miré alrededor. No pude callarme:

—¿Aquí? ¿Y qué tiene esto?

No había un alma por las inmediaciones. El ruido espo-rádico de los coches al pasar por la carretera era la única señal de vida. En cuanto al paisaje, al fondo se veía un tro-zo de Madrid, pero el ángulo era más bien malo. Eso sí; en primer plano, perfectamente visible, se levantaba el engen-dro gris y humeante de la siderúrgica de Villaverde. Casi parecía que habían puesto allí el banco para los masoquis-tas que quisieran contemplarla.

—Esto es lo bueno, precisamente —dijo, con aire triunfal.

—No entiendo.

—Que no hay nada. Y que no hay nadie. Desde hace se-manas he buscado algo así. Cuando lo encontré, me prome-tí que te traería.

No supe qué decir, ni si tenía que decir algo. Si estaba loco, como parecía, era el peor momento para echárselo a la cara, ahora que estaba allí con él y no había nadie cerca. Sólo podía seguirle la corriente.

—¿Y la fábrica? —sugerí, tímidamente.

—La fábrica es maravillosa —proclamó, entusiasmado—. A nadie le gustan las fábricas, así que gracias a ella no hay peligro de que nadie venga aquí. Si lo miras por ese lado, no la encontrarás tan fea. Pero lo mejor de todo todavía no puedes verlo. Para eso hay que esperar. Lo que es verdade-ramente bueno siempre hay que esperarlo.

Seguí observando el paisaje gris y desolado, por si apa-recía ese prodigio que me acababa de anunciar. Él también observaba. No tenía prisa por seguir hablando. Pero yo me sentía incómoda en medio de aquel silencio.

—A mí no me importa tanto que haya gente —dije.

—Ya lo sé —asintió—. Pero tampoco necesitas a la gente todo el tiempo. Puedes arreglarte sola. Por eso me fijé en ti.

—Te gusta la soledad, por lo que veo.

Al oír esto, la mirada se le perdió al fondo del horizonte.

—Es algo más grave —corrigió, sonriente—. Lo que me gusta es el desierto.

No pude evitar un comentario incrédulo:

—¿El desierto? ¿Y cómo puede gustarte eso?

—No es tan difícil —aseguró—. Te pasa en cuanto lo ves. O eso es, según dicen, lo que nos pasa a los que no hemos nacido allí. Los que han nacido allí, en cambio, lo odian. El caso es que si te entra fuerte el hechizo del desierto te pasa al revés. Odias todo lo demás.

—¿Has estado en el desierto?

Me di cuenta en seguida de que ésa era la pregunta que más podía halagarle que le hiciera. La paladeó un poco, antes de responder:

—En cierto modo, sigo allí. Para mí ya no existe nada más.

Volvimos a quedarnos callados. Él parecía estar a gusto así, pero yo no lo estaba tanto. Había aceptado acompañarle, supuestamente, para tratar de averiguar quién era y por qué se portaba de una forma tan extraña; y todo lo que estaba consiguiendo era que me despistara todavía más con aquellas frases crípticas. Tenía que traerle a mi terreno:

—¿Puedo preguntarte algo?

—Puedes preguntarme lo que quieras.

—¿A qué vino aquello de los nombres?

—¿Lo del primer día de clase?

—Sí.

Su sonrisa se volvió maligna. También le apetecía hablar de aquello.

—Tengo mi propia teoría sobre el asunto de los nombres. En general, procuro tener mi propia teoría sobre casi todo. A veces las teorías personales te crean problemas, porque los demás no las entienden. Pero te dan una ventaja: gracias a ellas, siempre sabes lo que tú tienes que hacer.

—Ya veo. Y esa teoría sobre los nombres, ¿en qué consiste?

—Mi teoría es que el nombre de cada uno no es el que pone en el carné. Ése es el que se les ocurre a tus padres cuando todavía no eres nadie y no puedes elegir. Pero hay otros nombres: los que te pone alguien que te importa, los que tú les pones a quienes te importan a ti, o los que eliges para que te llamen sólo los que te conocen. Ésos son los nombres verdaderos, porque no son para cualquiera. Un nombre que está al alcance de cualquiera no puede ser tu verdadero nombre. Aunque sólo sea porque es el nombre de ese monigote medio idiota que ven los que nunca van a conocerte.

Había recitado su teoría de un tirón. Traté de comprenderla y de encajar en ella su conducta el primer día de clase. A su modo, parecía lógica.

—Por eso dijiste que José María Pérez no era tu nombre —recordé—. Y por eso dijiste que no le darías tu verdadero nombre a Anselmo.

—Hay que mirar mucho a quién le das tu verdadero nombre.

—Pues la verdad, tampoco sé qué tiene de malo José María.

—Yo lo odio. Pero ésa no es la cuestión. José María es lo que me han llamado siempre los que yo no he elegido. Ésa es la cuestión.

En ese momento, me acordé de algo que él me había dicho unos días atrás, cuando se había acercado hasta la cancha de baloncesto. Fue al referirse a la mañana en que yo había salido en defensa de Gonzalo. Lo había hecho, según él, porque me había dado cuenta de que él me había elegido. Yo no estaba muy segura de haberme dado cuenta de nada, pero aquello ya era una confesión por su parte. Entonces decidí hacer algo incoherente, una especie de prueba. Decidí hacer como si él estuviera pensando lo mismo que yo estaba pensando, y le pregunté, a quemarropa:

—Y yo, ¿cómo tengo que llamarte?

—Por mi verdadero nombre, naturalmente —contestó, sin pestañear.

—¿A mí sí me lo darías?

—No hace falta. Es tuyo. Si quieres, puedes ponerme uno y será mi nombre verdadero. Si no, puedes llamarme Orens. Ése lo escogí yo.

En teoría, me acababa de revelar su gran secreto. Y lo había hecho sin darle importancia, quizá porque sabía que a cada cosa que me descubría su misterio no disminuía, sino que se hacía más grande.

—¿Orens?

—Otro día te lo explicaré. Ahora mira. Aquí está.

Miré al frente. Entre tanto, había oscurecido, y aquella imagen sucia y anodina de Madrid que habíamos visto hacía un rato se había convertido de golpe en un enjambre de luces multicolores. Incluso la fábrica, que ahora dejaba ver entre las rendijas el fuego naranja donde la chatarra se transformaba en acero nuevo, ofrecía un espectáculo deslumbrante.

—Fíjate. Es el milagro de la noche —dijo él, u Orens, como ahora debía llamarle—. La noche es lo que más se parece al desierto. Saca la belleza escondida de las cosas y lo vuelve todo puro y silencioso.

Tenía razón, o al menos a mí no se me ocurría cómo discutirle. Mientras miraba las luces, sentada en aquel banco apartado de todo al que tan astutamente me había llevado, supe que él tenía el control de la situación, y lo más sorprendente de todo fue que no me importó saberlo.

—He visto que llevas en la carpeta una foto de Robert de Niro —me soltó, de improviso—. ¿Te gusta?

—Sí —respondí, un poco descolocada.

—En casa tengo películas. Hay una de Robert de Niro bastante buena. Si quieres podríamos verla. Mañana, por ejemplo.

Comprendí que iba a aceptar; ir a ver al día siguiente la película de Robert de Niro y lo que viniera después. No me había pasado nunca algo así, pero lo vi claro y me temí que aquel desbarajuste era lo que había buscado desde el principio. Sólo quise cerciorarme:

—Orens —murmuré—. ¿Quién más te llama por tu nombre?

—Nadie —dijo, sin dudar—. Mi nombre te estaba esperando.

Si era mentira, hacía falta talento para sacarse mentiras así. Quedé con él, para ver la película de Robert de Niro y para empezar a hacer pedazos casi todo lo que hasta entonces había creído que era la vida.

9

El momento vulnerable de Robert de Niro

Prometió venir a recogerme a las seis, frente a mi portal. Un poco antes de la hora, mientras me arreglaba, pasé casualmente junto a la ventana de mi cuarto. De pronto, le vi aparecer. Temí haberme despistado, pero no; sólo eran las seis menos veinte. Le espié tras los visillos. Se acercó despacio y al llegar frente a mi bloque se sentó en un banco, completamente relajado, como si quisiera aprovechar el rato que se iba a tirar allí. Luego estuvo mirando con mucha atención lo que sucedía en la calle. No hace falta que os lo cuente; en mi calle nunca sucede nada. Pero viéndole habríais jurado que enfrente del banco estaban rodando una película.

Bajé a las seis y diez, para darle un poco de emoción. Me lo encontré sentado en el banco, con cara de estar muy a gusto allí y de haber podido seguir esperando durante horas.

—Llegas muy pronto —le dije.

—Dirás más bien que tú bajas tarde —pero no había reproche en su voz.

—Te he visto venir, desde la ventana.

—Vaya —se quejó—. Ahora tendré que confesarlo. La verdad es que me gusta esperar, cuando creo que lo que espero va a venir. Si lo miras bien, es el tiempo más agradable y mejor empleado de todos.

Se quedó un instante pensando, pero no quiso añadir más.

—¿Vamos? —propuso al fin.

No era cosa de negarse a aquellas alturas. Fuimos hacia su casa. Orens vivía (quizá deba decirlo así, en pasado) en uno de los bloques que hay enfrente del recinto ferial. No es un mal bloque, y su piso era bastante más grande que los nuestros. Se notaba que su padre ganaba un buen dinero con aquello de los viajes, aunque la que resultaba algo mustia era la decoración. En realidad, podría decirse que el piso no estaba decorado de ninguna forma. Tenía todos los muebles indispensables, y algunos hasta parecían caros, pero estaban puestos un poco de cualquier manera, como si nadie se hubiera preocupado de que encajaran entre sí. Sólo había un par de cuadros, de esos que puedes encontrarte en los grandes almacenes y que compras cuando no quieres esforzarte en buscar algo de veras bonito. Aparte de ellos, lo único que colgaba de las paredes era una fotocopia de aquella fotografía de Lawrence de Arabia que Orens solía llevar en la carpeta. Estaba clavada en la pared del salón, con unas chinchetas rojas.

Otra cosa que me llamó la atención fue que el piso estaba bastante limpio, más de lo que podría esperarse de un piso en el que vivía un chico solo. Incluso la cocina. Al pasar pude ver que hasta el fregadero relucía. Era sin duda una impertinencia, pero se lo pregunté:

—¿Viene alguien a limpiar?

Se rió maliciosamente.

—No. Procuro no manchar mucho —respondió.

Su televisor era enorme, casi una pantalla de cine, con dos altavoces gigantescos a los lados. El mueble de debajo estaba lleno de cintas de vídeo, todas perfectamente alineadas, como los libros de una biblioteca. Podía haber doscientas, o quizá más. Yo nunca había visto tantas cintas juntas.

—Qué impresionante —dije.

—Tampoco es para tanto. Cuestión de necesidad.

—¿De necesidad?

—Por el trabajo de mi padre hemos tenido que vivir algún tiempo en lugares donde no había cines, ni nada que se les pareciera. Así que teníamos que montarnos el cine en casa. Ésa es la razón de la pantalla y de que tengamos tantas películas. Bien, aquí está.

Se había arrodillado junto al mueble y había sacado de uno de los estantes una cinta. Me la enseñó. En la carátula se veía a Robert de Niro, con toda la cara sucia. Encima se leía un título: El cazador.

—¿La has visto?

—No.

—Es un poco antigua, pero muy buena. Ya verás.

Metió la cinta en el vídeo y se fue al sofá con el mando a distancia.

—No irás a ver la película de pie —dijo, mientras se sentaba.

Debía parecer una lela. Me acerqué al sofá y me senté a su lado. No muy al lado, pero tampoco en la otra punta.

—Ponte cómoda. Como si estuvieras en tu casa. Si quieres poner los pies en el sofá, los pones. Las buenas películas hay que verlas a placer.

En aquella película Robert de Niro debía ser bastante joven, pero apenas se notaba porque aparecía todo el rato con barba. La que sí estaba muy joven, y también guapa, era Meryl Streep. Eso me sorprendió, porque nunca habría creído que Meryl Streep había sido joven y guapa alguna vez. En cuanto a la película en sí, la verdad es que resultaba bastante triste, al principio incluso deprimente. Trataba de un grupo de amigos que trabajaban en una siderúrgica, como la de Villaverde que tanto le gustaba a Orens (tal vez, pensé, por influencia de la propia película). Los amigos estaban todo el día en la fábrica, entre el fuego y el acero derretido, y después de trabajar se iban a beber cerveza a unos bares siniestros. La ciudad en la que vivían, una de Estados Unidos, estaba llena de industrias humeantes y de casas horribles, empezando por las casas de los mismos protagonistas. Todos tenían apellidos rusos y brindaban también en ruso, aunque eran americanos. De hecho, la película empezaba cuando tres de ellos tenían que marcharse a la guerra de Vietnam. Uno de los tres se casaba con su novia antes de irse, otro se comprometía con Meryl Streep para casarse con ella cuando volviera, y el otro, que no tenía novia, era Robert de Niro.

La primera parte de la película se centraba sobre todo en la boda del primero de los tres amigos. Ese trozo se me hizo algo pesado. Estaban todo el rato bebiendo y bailando y brindando en ruso y la cosa no me parecía que tuviera mayor interés. Sólo hubo un momento en el que sí me interesó. Hay una escena en la que los dos novios beben a la vez de una copa doble. Según la tradición rusa, tendrán suerte si no derraman una sola gota. Cuando ya están terminando y están a punto de conseguirlo, se ve que una gota de vino rojo cae sobre el vestido blanco de la novia. Nadie en la boda se da cuenta y todos les aplauden, pero ahí tú ya sabes que no van a tener suerte.

Aparte de ese detalle, en esta primera parte hubo un trozo que me gustó. Los amigos son aficionados a la caza, y antes de irse a la guerra organizan una última cacería. Van a unas montañas llenas de bosques, que no tienen nada que ver con la ciudad asquerosa en la que viven. En parte fue ese paisaje lo que me gustó, y también la música, que le pone un fondo suave y un poco melancólico a las escenas de caza. De todos los amigos, los mejores cazadores son Robert de Niro y el que se promete a Meryl Streep. Robert de Niro dice que hay que cazar a los ciervos de un solo disparo. Cuando lo dice los demás creen que es un maniático, pero él insiste, muy serio. En esa cacería matan un ciervo. Lo hace Robert de Niro, de un solo disparo, y hay unas imágenes en las que se ve al animal agonizar. Al llegar a esas imágenes, Orens cogió de pronto el mando y adelantó la cinta.

—No soporto verlo sufrir —explicó, con el gesto desencajado.

La segunda parte de la película, que pasa en Vietnam, es durísima. Empieza con un ataque de helicópteros y con Robert de Niro achicharrando con un lanzallamas a un vietnamita que acaba de matar a unos civiles. En la escena siguiente, los tres amigos están prisioneros y los vietnamitas les obligan a dispararse en la cabeza con un revólver en el que han metido una sola bala. El juego consiste en sentar a dos prisioneros frente a frente y pasarle el revólver primero a uno y luego a otro, hasta ver quién se pega el tiro. Al que se niega, lo echan a un río lleno de ratas. El amigo recién casado acaba en el río, mientras Robert de Niro y el otro amigo sí aceptan jugar. Piden meter tres balas en el revólver en lugar de una y se las arreglan para liberarse, matando a todos los vietnamitas. Después rescatan a su amigo y huyen. Pero la huida es accidentada y acaban separándose. El novio de Meryl Streep se vuelve loco, el recién casado se rompe las piernas al caer de un helicóptero y Robert de Niro se salva como puede.

A esas alturas, os podéis imaginar que yo me preguntaba qué podía ver nadie de bueno en aquella película, que a mí me parecía más bien atroz. Pero me faltaba la tercera y última parte. Al verla, comprendí que pese a todos los horrores aquélla era una bonita historia.

Han pasado unos años y Robert de Niro vuelve a la ciudad, hecho un veterano de guerra y cargado de medallas. Cuando llega a su calle ve que le han preparado un cartel de bienvenida y le pide al taxista que pase de largo. No quiere fiestas. A la mañana siguiente, cuando todos los que estaban esperándole ya se han ido, entra sigilosamente en su casa. Poco después se sabe lo que les pasó a sus amigos.

A uno le cortaron las dos piernas, y está en un hospital del que no quiere salir. Al otro, el que enloqueció en la guerra, le dan por desaparecido. Meryl Streep, que era su novia, ya ha dejado de esperarle y se convierte en la novia de Robert de Niro. Pero él no puede desentenderse de sus compañeros. Va a ver al hospital al que ha perdido las dos piernas y éste le enseña un cajón lleno de billetes de cien dólares. Se los mandan desde Saigón todos los meses, no sabe quién. Robert de Niro adivina que el que manda el dinero es el amigo al que daban por desaparecido, y aunque le ha quitado a la novia y no debería tener ningún interés, decide volver a Vietnam a buscarlo. Para entonces la guerra va mal para los americanos: todos huyen y Saigón es un desastre. Sin embargo, Robert de Niro consigue encontrar a su amigo. Se ha convertido en un jugador profesional del juego del revólver y la bala; un jugador legendario, que sobrevive una y otra vez. Ahora lo hace por dinero y así consigue el que manda al amigo inválido. Robert de Niro intenta sacarlo de allí, pero el otro ni siquiera le reconoce; está medio ido. Al final, sucede lo que tiene que suceder. No se puede tentar una y otra vez a la muerte y sobrevivir siempre. Robert de Niro se lleva a su amigo para que lo entierren en su ciudad.

Hay un momento, en esta última parte, en que Robert de Niro vuelve a ir de cacería. Vuelven a verse las montañas, y vuelve a sonar la música de antes. Durante un buen rato, Robert de Niro, solo, persigue a un ciervo. No consigue nunca ponerlo a tiro, pero no desmaya en su persecución. Al fin, el ciervo se para en un promontorio y Robert de Niro puede fijarlo en la mira telescópica de su rifle. El ciervo vuelve hacia él la cabeza, sin moverse. Y cuando ya crees que va a matarlo, Robert de Niro levanta el cañón y dispara al aire. Hasta que terminó la película, estuve pensando mucho en esa escena. Creo que lo que significa es que Robert de Niro, después de ver morir a tanta gente en la guerra, siente que tiene que dejar vivir a aquel ciervo. Podría matarlo, porque para eso lo ha perseguido y lo tiene ya en su mira. Sin embargo, el cazador se ha vuelto vulnerable, porque en la guerra ha aprendido a conocer el dolor. Dispara una sola bala, como mandan sus reglas, pero esta vez no para dar la muerte, sino al aire, para dar la vida. En adelante, cada sorbo de agua que beba el ciervo, cada nueva mañana que vean sus ojos, será un regalo del cazador. Y el latido de ese ciervo será la mejor pieza que el cazador haya cobrado nunca.

Cuando acaba la película y empiezan los créditos vuelve a arrancar la música, por última vez. Parece mentira que una película tan brutal tenga una música tan delicada, pero si lo piensas te das cuenta de que el verdadero sentido de la película no está en las escenas brutales, sino en otras cosas mucho más sutiles; por ejemplo, en cómo Robert de Niro sobrevive a la guerra y llega a descubrir que debe perdonar al ciervo. Yo me quedé pensando eso, y Orens no sé qué pensaría. El hecho es que ninguno se movió hasta que acabaron los créditos y la música dejó de sonar. Después saltó la cinta, pero tampoco entonces nos movimos.

Al cabo de un rato, viendo que él no hablaba, me decidí a hablar yo:

—Es una película triste.

—Sí —admitió—. Pero no hay por qué evitar siempre las cosas tristes.

—No he dicho eso.

—A veces yo las busco, incluso —añadió—. Las cosas tristes, las cosas malas, las cosas feas y las que te duelen.

—No me irás a decir que disfrutas así.

—No. Lo que me duele, por ejemplo, no deja de dolerme. Pero trato de aguantarlo, de convencerme de que no me importa que me duela.

—No entiendo para qué te puede servir eso. .

—Para conocerme mejor. Para ser más fuerte.

—Más fuerte —repetí, pasmada—. ¿Para enfrentarte a quién?

Sus ojos azules me observaron con determinación.

—A todos, empezando por mí, naturalmente —dijo.

De vez en cuando era así, te decía algo que te hacía sentir como una imbécil, como si no te enterases de nada. Siempre podías probar a pensar, claro, que lo que ocurría era que a él le faltaba un tornillo. Pero a medida que le escuchaba, me resultaba más difícil pensar eso. Como mucho, me pareció que le había cogido en una pequeña incongruencia.

—Sin embargo, en la muerte del ciervo adelantaste la cinta —dije—. ¿No se supone que eso habrías tenido que aguantarlo también?

—Es que me recordaba algo que no quiero recordar. Pero tienes razón, como de costumbre —concedió, mansamente.

Diréis que lo último que debería haber hecho entonces era insistir sobre aquello de lo que él no quería acordarse. Pero con él me pasaba que muchas veces no hacía lo normal, sino lo contrario. De modo que le provoqué:

—Muy malo tiene que ser, para que no quieras recordarlo.

—Fue malo para mí. Sobre todo porque no me lo esperaba. Nunca había imaginado que pasaría lo que pasó.

Mi curiosidad por aquello, que era tan irresistible como podéis suponer, sólo podía llamarse de una manera: morbo. Habría sido demasiado impresentable preguntarle directamente y meter todavía más el dedo en la herida, así que hice un esfuerzo y me aguanté. Pero él debió notar algo.

—En realidad, quizá debería contártelo, aunque sólo sea para obligarme a asimilar ese recuerdo —dijo.

—Tampoco lo hagas, si no quieres —le pedí, más falsa que Judas, mientras deseaba ardientemente que no me hiciera caso.

—Es igual, te lo cuento —decidió—. No me importa nada contarte cosas; al revés. Resulta que este verano me dio por comprarme una gata. Era una siamesa que vendían tirada de precio en la tienda de un hipermercado. Parecía muy tranquila y me gustó cómo se me quedaba mirando. Eran tres mil pesetas y las tenía, así que volví al día siguiente y me la llevé conmigo. Los primeros meses todo fue bien. La gata era lista y simpática y también cariñosa. Mordía las cortinas y cosas así, pero mi padre para poco en casa y no se fija mucho en esa clase de detalles. La gata tenía buena estampa y unos ojillos perversos y hacía bastante gracia verla. Incluso mi padre llegó a cogerle cariño. La cosa empezó a torcerse a finales de septiembre. Una noche, al ir a rellenárselo, vi que su plato estaba hasta arriba de comida. Pensé que ese día no tendría hambre, pero al día siguiente siguió igual, y al otro. Aunque los gatos no comen tanto como los perros, es muy raro que pasen varios días sin probar nada. Cuando la gata llevaba seis días sin comer, me empecé a preocupar, y un par de días después la llevé al veterinario. Le hicieron toda clase de pruebas. Aparentemente no estaba enferma, pero ni siquiera miraba la comida. Intenté obligarla, le di vitaminas, todo lo que me dijeron que hiciera. La gata siguió sin comer y empezó a adelgazar. En tres semanas se quedó esquelética y perdió toda la chispa. Había que llevarla y traerla y sólo quería estar donde hubiera calor, preferiblemente encima de alguien que le quitara el frío que tenía metido en los huesos. Al final ya no era más que eso, huesos. La noche en que se murió, maullaba de dolor y temblaba de una forma que te partía el alma. Cuando intenté acostarla y arroparla se me escapó y quiso meterse debajo de un mueble. Pensé que quería esconderse allí para que no viéramos cómo sufría, para que el mueble la protegiera de lo que no la podía proteger. La saqué y antes de devolverla a su cesto vi el miedo en sus ojos. A la mañana siguiente estaba muerta. La enterré de noche, al pie del árbol más grande y más verde que pude encontrar. Sabía que sólo era un animal muerto y que no tenía sentido, pero quise que descansara debajo de algo fuerte como aquel árbol, algo que le diera la protección que yo no había podido darle.

Ésa era la historia. Orens la terminó y se quedó en silencio. Debía dolerle de veras, porque nunca le había visto así de abatido. En realidad, caí entonces, nunca le había visto abatido en absoluto.

—Así que ya sabes por qué me afecta tanto ver morirse al ciervo. Me acuerdo del miedo en los ojos de mi gata, y tengo miedo yo también.

Puede que nadie lo entienda, pero en ese momento me alegré de que Orens me hubiera invitado a ver aquella película. Justo entonces, creí saber por qué era importante para él y por qué había querido que yo la viese. Como a Robert de Niro, también a él, pese a la seguridad que aparentaba, le habían pasado cosas que le hacían vulnerable. Lo que me resultaba más increíble era cómo dejaba que yo lo supiera. Nadie suele dejar que los otros sepan sus debilidades. Apenas estaba empezando a conocerle, y por eso todavía no había comprendido que sus debilidades eran el secreto de su fuerza. Él lo sabía. Con la sonrisa otra vez en los labios, añadió:

—Por eso es por lo que Robert de Niro procura matar a los ciervos con el primer disparo. Para que no tengan tiempo de sufrir ni de pasar miedo. Un buen cazador se preocupa de esas cosas.

10

La playa de Ákaba

Aquella noche, después de ver El cazador, Orens me acompañó a casa. Cuando llegamos al portal, yo no sabía cómo despedirme. No quería que resultara demasiado brusco, pero tampoco acababa de entender qué era lo que había entre los dos. A decir verdad, ni siquiera sabía por qué quedaba con él, y menos aún por qué dejaba que me acompañara hasta el portal. En mi cabeza se revolvían mil impresiones y mi corazón se inundaba con la tristeza de la película y de la historia que él me había contado. Sin embargo, era una tristeza que no te desanimaba, sino que te descubría otra clase de fe en la vida, más meticulosa y más profunda. La misma fe que Orens, en su fondo y debajo de todos sus disfraces, parecía tener.

La cuestión de la despedida la resolvió él, con la facilidad de siempre:

—El otro día no te conté lo de mi nombre. ¿Te gustaría saberlo?

—Claro.

—Lo haré con otra película. Mañana, a la misma hora que hoy.

El día siguiente era lunes y los lunes no son, en general, días de salir. Tendría que colarles alguna mentira a mis padres, y seguiría perdiendo tardes para preparar los exámenes de diciembre. Ese tipo de cosas eran las que solían importarme hasta entonces. Pero esa noche no me costó nada decir:

—De acuerdo.

Durante todo el lunes estuve pensando en la cita de la tarde. Cuando no estaba con él se me ocurrían cientos de preguntas, y me acordaba una por una de todas las cosas raras que él había hecho y que todavía no me había explicado. Sabía ya por experiencia que nunca se resistía cuando le pedía que me contara algo, así que todos sus secretos los tenía, en teoría, a mi disposición. Sin embargo, cuando estaba con él, todas aquellas preguntas se me olvidaban de pronto y me abandonaba a lo que él quisiera contarme, como si me tuviera hipnotizada. Me hice el firme propósito de que aquella tarde de lunes fuera diferente. Tomaría yo la iniciativa, como fuera.

Por seguridad, ya que oficialmente me había ido a estudiar con vosotras, no quedamos enfrente del portal, sino en la avenida. Esta vez fui muy puntual, pero aun así no conseguí llegar antes que él. Allí estaba ya, esperándome, con esa mezcla de placer y expectación.

De camino hacia su casa, quise poner en práctica, sin perder más tiempo, mi nueva táctica frente a él.

—Anoche estuve pensando —dije—. No se me iba de la cabeza la historia de tu gata. Te veía acostándola, buscando ese árbol para enterrarla, y todo el tiempo tenía la misma sensación.

—¿Qué sensación?

—Que no podía ser. Que no era posible que quien tenía esa clase de sentimientos fuera el mismo que andaba hace nada por ahí, armando bronca.

—¿Bronca? —repitió, sorprendido.

—Sabes perfectamente a qué me refiero. Cuando ibas con el de la camiseta de Lou Reed y los otros.

Se echó a reír.

—Ah, eso. El de la camiseta es un vecino, Pablo. No es mal tipo, sólo un poco burro. Nos tropezamos de vez en cuando en el portal. Una de esas veces, cuando yo andaba fastidiado por lo de la gata, me invitó a salir con ellos. Quizá no sean lo mejor del barrio, pero tampoco yo lo soy.

—¿Y lo pasabas bien?

—Bueno. A lo mejor no vas a creerlo, pero tiene su aliciente que toda la gente te mire mal. Ves el mundo desde un ángulo interesante.

—¿Y te hace más fuerte? —pregunté, con retintín.

—Eso es lo que más me gusta de ti, Irene —contestó, meneando la cabeza—. Que no se te escapa una.

—Dime otra cosa —seguí, sin piedad—: ¿A qué vino lo del pobre Gonzalo?

Se encogió de hombros.

—Bueno, era una lección que tenían que darle.

—Así que fue por él, y no por ti —me burlé—. Por eso estás orgulloso.

—No fue por ninguno de los dos, y tampoco estoy orgulloso, porque ya sé que no jugué limpio. Pero sí te reconozco algo: disfruté. Mentiría si dijera que no. De todos modos eso no es lo importante.

—¿Había algo importante?

—Sí. Por quién lo hice.

Comprendí que si le preguntaba por quién lo había hecho quedaría como una lerda. Poco a poco, aprendía a verle venir. Así que sólo dije:

—Pues no sé qué esperabas. Si lo que pretendías era parecerme un cerdo ventajista, lo conseguiste.

—Quién sabe. Quizá pretendía justamente eso.

—¿Para qué?

Orens se paró. Estábamos ya cerca de su bloque. Me miró de arriba abajo y me preguntó, con un tono irónico:

—¿Tú sabes para qué haces todo lo que haces, Irene Sáez?

Me dejó desarmada. Nunca me había llamado así, con mi nombre y mi apellido. Recordé su teoría sobre los nombres y sospeché que aquello tenía alguna clase de segunda intención. Pero no supe reaccionar a tiempo. Mi primer ataque, admití, acababa de cosechar un rotundo fracaso.

El ritual fue parecido al de la tarde anterior. Esta vez me senté en el sofá antes de que él me invitara, para que viera que yo también podía manejarme con desfachatez. Orens se acercó al mueble y cogió una cinta que no necesitó buscar entre las demás. La miró un momento antes de enseñármela y después se volvió con ella en alto. Leí el título: Lawrence de Arabia.

—¿La has visto? —preguntó.

—No.

—Ésta es la versión íntegra. La sacaron hace poco. Había unas escenas que cortaron en su día y que se habían perdido. Las recuperaron y aquí están todas. Las han dejado en inglés, sin doblarlas.

Se refería a aquellas escenas como si fueran un collar de perlas que alguien hubiera rescatado del Titanic. Puso la cinta y se vino a mi lado.

—Aquí está la explicación que te prometí —anunció, solemne.

La película empezaba con un hombre que salía a pasear en moto y que aceleraba y aceleraba hasta que se le cruzaban unas bicicletas y al tratar de esquivarlas derrapaba y se mataba. Yo ya sabía por la enciclopedia que ésa había sido la muerte de T. E. Lawrence y no me sorprendió, pero me pareció un poco macabro que la película arrancara precisamente con aquello. Después venía una de las escenas que se habían perdido, una de esas en las que todos hablaban en inglés. Era el funeral de Lawrence, y resultaba que ninguno de los presentes le conocía. Unos habían sido sus jefes, otros sus rivales, y hasta había alguien que decía que había tenido el honor de darle la mano una vez. Pero nadie sabía en realidad quién era el muerto. Miré a Orens de reojo. Cuando terminó esta escena, sonreía silenciosamente.

Luego empezaba la historia propiamente dicha. Al principio, Lawrence es un joven oficial británico destinado en El Cairo, bastante distraído e indisciplinado. Está ocupado en tareas burocráticas, cuando alguien le reclama para ir a Arabia con la misión de entrar en contacto con el príncipe Feisal, que se ha rebelado contra el Imperio Turco. Su general en jefe consiente en mandarle allí, sobre todo para librarse de él. Lawrence parece verdaderamente una especie de chiflado. Una de sus rarezas es que siempre se empeña en darles fuego a sus compañeros. Después de encenderles el cigarro, apaga la cerilla con las yemas de los dedos. Uno intenta una vez imitarle y suelta en seguida la cerilla, dolorido. Cuando le pregunta cuál es el truco que tiene para que no le duela, Lawrence responde:

—Claro que me duele. El truco es que no te importe que te duela.

Aquello ya lo había oído antes. Volví a mirar de reojo a Orens. Tenía aún esa sonrisa enredada en los labios, quizá un poco más pronunciada, aunque podían ser imaginaciones mías. La película seguía con el viaje de Lawrence hacia Arabia, acompañado por un guía beduino que le ayudaba a cruzar el Sinaí. Durante el camino, el beduino le indica a Lawrence cuándo puede beber, para que aprenda a dosificar el agua. Pero al ver Lawrence que el otro no bebe, le pregunta por qué. El guía le contesta que él es beduino. Entonces Lawrence devuelve el agua a la cantimplora y dice:

—Beberé cuando bebas tú.

Vino a mi memoria lo que Orens había dicho sobre la sed, aquella tarde de su exhibición con el Sargento Furia. Esta vez ya no le miré de reojo. Me concentré en la película, ansiosa por ver qué más cosas me iba descubriendo. Lawrence sigue viajando por el desierto con el beduino. Éste le pregunta por Inglaterra, y Lawrence le dice que es un país de *gente gorda. El beduino observa que Lawrence no es gordo. Lawrence replica, con aire pensativo:*

—Yo soy un caso aparte.

Después Lawrence y su guía llegan a un pozo que es propiedad de una tribu enemiga de la tribu del guía. Mientras están bebiendo, aparece en el horizonte un jinete montado en un camello. El guía saca un revólver y en ese momento cae fulminado por un disparo. Al poco, llega el extraño, que resulta ser Alí, un jefe de la tribu dueña del pozo y además un hombre de confianza del príncipe Feisal. Lawrence se enfrenta con él por haber matado a su guía, pero Alí se excusa diciendo que el guía sabía que no podía beber del pozo y le pregunta quién es él. Lawrence se niega a responder.

—Mi nombre es para mis amigos —dice.

Cuando llega al campamento de Feisal, el príncipe le recibe con recelo. Cree que los ingleses no quieren ayudarle realmente, sino aprovecharse de él. Pero Lawrence consigue ganarse su confianza, y trata de ver en qué puede ayudarle. Los árabes le cuentan que su salvación sería tomar el puerto de Ákaba; el problema es que no puede hacerse por mar, porque los turcos tienen cañones, y tampoco por tierra, porque hay que atravesar el temible desierto del Nefud. Lawrence le da vueltas y vueltas y al final se le ocurre una idea. Si le dan cincuenta hombres, él conquistará Ákaba por tierra, atravesando el desierto. Todos creen que está loco, pero Feisal le da los cincuenta hombres. Con ellos, Lawrence emprende viaje.

Entre esos cincuenta hombres está Alí, el que mató a su guía junto al pozo. Ninguno se fía del otro, pero tienen que ir juntos y se aguantan. El viaje es agotador, deben viajar incluso de noche para no perder un minuto porque si tardan más de veinte días morirán. Van todos derrengados sobre los camellos, muertos de sueño, haciendo esfuerzos por no caerse. En lo más duro del desierto, descubren que uno de los camellos ha perdido a su jinete. Alí dice que tienen que abandonar al desaparecido, ya que si vuelven atrás no llegarán; pero Lawrence se empeña en volver a rescatarle. Los demás intentan retenerle, en vano. Apenas le ven irse, le dan ya por perdido, como al otro. Sin embargo, Lawrence consigue encontrarlo, lo sube a su camello y vuelve con él. Con esa hazaña, que no habría intentado siquiera un beduino, se gana la admiración de todos. Esa misma noche, Alí trata de reconciliarse con Lawrence. Entre otras cosas, le pregunta por su familia, y al revelarle Lawrence que su padre no se casó con su madre, Alí observa:

—Entonces puedes elegir el nombre que quieras.

—Elijo Orens —decide Lawrence. Así es como han empezado a llamarle los beduinos, que no saben pronunciar bien su nombre inglés.

El otro Orens, el que estaba sentado a mi lado viéndolo todo con una sonrisa de satisfacción, se volvió entonces hacia mí y despegó los labios por primera y única vez durante la película.

—Ahora ya lo sabes.

Me pareció increíble no haber caído en ello; si una se fijaba, Orens sonaba casi como se decía Lawrence en inglés. Pero eso era lo que él conseguía. Que no te fijaras, que no pensaras. Que sólo intentaras seguirle en una carrera no se sabía hacia dónde en la que él siempre corría más.

Esa noche, mientras Lawrence duerme, Alí quema su uniforme inglés. Al día siguiente le dan unas ropas blancas de beduino, que Lawrence se pone con mucho gusto. Incluso se pasea con ellas, admirando cómo le sientan. Una vez que han atravesado el desierto, los árabes al mando de Lawrence consiguen convencer a otras tribus y se acercan a las puertas de Ákaba. Una noche, Alí y Lawrence suben a lo alto de una montaña y ven las luces de la ciudad y el mar al fondo. Al día siguiente atacarán. Esa misma noche, uno de los hombres de Lawrence mata a un hombre de otra tribu en una pelea. La ley de los beduinos exige que la afrenta sea reparada con la muerte del asesino. Pero si lo matan los otros, habrá guerra entre las tribus y no podrán asaltar Ákaba. Lawrence se ofrece para ejecutar la sentencia. Él no pertenece a ninguna tribu, dice, y no tiene por qué haber guerra. Pide un revólver y apunta al asesino, que está atado en el suelo. Entonces el otro levanta la cabeza y Lawrence descubre que es el hombre al que salvó en el desierto. Por él arriesgó su vida, y no paró hasta encontrarle y traerle sano y salvo a través del terrible Nefud. Pero ahora tiene que dispararle y vacía el revólver sobre él, aunque le duela hacerlo. A la mañana siguiente, los árabes toman Ákaba, derrotando a los desprevenidos turcos, y al anochecer Lawrence pasea con su camello por la playa.

Después de la toma de Ákaba, Lawrence atraviesa otra vez el Sinaí hacia El Cairo, para dar la noticia a sus jefes ingleses. Viaja con dos chicos árabes que se han convertido en sus sirvientes. En una tormenta de arena pierde la brújula y caminan perdidos por el desierto durante días. Uno de los chicos muere en unas arenas movedizas, y Lawrence consigue llegar de milagro al Canal de Suez con el otro. Desde allí los llevan al cuartel general británico. Lawrence, vestido de beduino y con la suciedad del viaje, entra con su acompañante en el club de oficiales. Al principio intentan pararle, pero cuando le reconocen y ven que es un oficial inglés, le exigen que deje fuera al chico. Lawrence se niega y pide que les den limonada. Está a punto de pelearse con otro oficial, que se lo piensa mejor al ver la mirada de furia que le dirige Lawrence. Al final le dan la limonada y el chico beduino se la bebe en el club de oficiales ingleses. Lawrence informa después al general de la toma de Ákaba, y también de que ha causado la muerte de muchos turcos y de dos árabes, el que mató con un revólver y el que perdió en las arenas movedizas del Sinaí. Con eso parece pretender que el general no piense bien de él, pero el general comprende que está cansado y nervioso. Es un general nuevo, Allenby, que se da cuenta en seguida del valor de Lawrence. Le asciende a comandante y se va con él al club de oficiales. Nada más entrar informa a todos los oficiales, que se han puesto firmes, que está allí invitado por el comandante Lawrence. El mismo al que hace nada ellos no querían dejar pasar por ir vestido de beduino.

La segunda parte de la historia tiene más combates y se me hizo un poco más monótona. Lawrence vuelve con los árabes y se dedica a volar trenes turcos, con lo que le causa grandes quebraderos de cabeza al enemigo. Por desgracia, en una de esas voladuras muere el chico con el que cruzó el Sinaí. Lawrence le llora como si hubiera una maldición que hace morir a todos los que le ayudan. Mientras tanto, su fama ha llegado hasta América, desde donde viene un periodista para conocerle. Se propone hacer un reportaje sobre él y convertirle en un héroe. El periodista va con los árabes a volar trenes turcos y entrevista varias veces a Lawrence. En una de esas entrevistas, le pregunta qué le atrae tanto del desierto.

—Que está limpio —responde Lawrence, con sus ojos azules como el cielo perdidos en la inmensa llanura.

La guerra sigue, pero los árabes, ricos de tanto saquear trenes turcos, van abandonando a Lawrence. Al final apenas le quedan un puñado de hombres para ir sobre Deraa, adonde le ha prometido al general Allenby que llegaría con sus tropas. Pero ni siquiera esos pocos hombres quieren seguirle allí.

Entra en la ciudad disfrazado de árabe y sin más compañía que la de Alí, que se ha mantenido a su lado todo el tiempo. Los turcos le capturan y le torturan cruelmente, pero no averiguan quién es y le dejan marchar. Después de esa experiencia, Lawrence no volverá a ser el mismo. Pide regresar a Inglaterra, a lo que Allenby se niega. Debe volver al desierto y reclutar un ejército de árabes para marchar sobre Damasco. Allenby le da dinero para que lo consiga, y Lawrence vuelve a convencer con él a los árabes. Se rodea de una guardia personal de ladrones y asesinos, también pagada con dinero, y se lanza a una campaña despiadada en la que sus árabes machacan a los turcos, que para entonces ya se baten en retirada. Así consiguen llegar antes que los ingleses a Damasco.

Una vez allí, Lawrence intenta que los árabes se organicen y se gobiernen a sí mismos, pero es imposible, porque no hacen más que pelearse entre sí y no son ni siquiera capaces de que haya agua en los hospitales de la ciudad. Mientras Lawrence visita solo uno de esos hospitales, donde están abandonados todos los prisioneros turcos, llega un grupo de médicos militares ingleses a hacerse cargo de la situación. El jefe de los médicos se indigna por el estado del hospital y al ver a Lawrence vestido de beduino cree que es un árabe y le abofetea. Lawrence cae al suelo, pero no se identifica como británico. Poco después, ese mismo médico se cruza con Lawrence, que ya lleva uniforme inglés, y al reconocerle como el famoso Lawrence de Arabia le pide que le dé la mano. Es para poder decir que tuvo el honor de dársela, le explica. Entonces te acuerdas de que el médico es el hombre que dice eso mismo, en la escena del funeral al principio de la película.

Lawrence, decepcionado y con su misión ya cumplida, consigue autorización para volver a Inglaterra. Le ascienden a coronel, y poco antes de que se vaya, uno de los jefes árabes con los que conquistó Damasco le dice:

—Volverás. Para ti no existe más que el desierto.

Al fin Lawrence viaja en un coche con otro militar, camino de Inglaterra. Van por una carretera del desierto y adelantan a un grupo de beduinos en camellos. Lawrence se vuelve para verlos. El militar que va con él celebra volver a casa. Lawrence no contesta. En ese momento les rebasa una moto que se pierde en seguida al fondo del horizonte levantando una nube de polvo. La imagen se queda fija ahí, y comprendes que ésa es la mirada de Lawrence, que no vuelve a casa porque su casa es el desierto. Y entonces la pantalla se queda negra y la película ha terminado.

Orens seguía mirando la pantalla negra, tan fijamente como había estado mirando las imágenes del desierto que se sucedían en la película: las dunas y las piedras, los oasis, aquellos horizontes lisos e inacabables.

—Yo la he visto —dijo, de pronto—. Ákaba, desde el aire. No es exactamente como la de la película, pero tiene algo que es lo mismo. El piloto estuvo un rato dando vueltas entre el mar y las montañas, mientras yo me acordaba de Lawrence. Miraba las montañas, y me lo imaginaba tumbado allí con Alí, espiando a los turcos. Miraba el mar, y me lo imaginaba en la playa, solo con su camello, dándose cuenta de que había conseguido lo que ningún hombre se había atrevido a soñar.

Sólo comentó eso. No hacía falta que dijera mucho más: me había advertido que la película me explicaría lo de su nombre, y así había sido. Pero no sólo había servido para aquello. La película me había explicado tantas cosas sobre él que no había por dónde empezar a hacer la lista. Pasó un minuto o fueron más, no lo sé. Entonces me acordé de que había ido allí con ganas de no dejarme sólo arrastrar, de ser capaz de sorprenderle. Una idea se había ido gestando en mi cabeza, y la puse en práctica.

—Quisiera saber una cosa —dije.

—Pregunta.

—¿Cómo se llamaba tu gata?

Aquello le sorprendió, de momento. Era una buena señal.

—Aíxa —respondió, intrigado—. Es un nombre árabe.

Dejé que sonara en mis oídos unos segundos. Aíxa.

—Quiero que me llames así, Aíxa —le pedí.

—¿Quieres llevar el nombre de una gata? —preguntó él, atónito.

—Yo también puedo elegir el nombre que quiera. Y para que tú me llames elijo Aíxa. Si era bueno para tu gata, lo es para mí.

—Aíxa —repitió. Ahora sí le había dado. En cierto modo, oírle pronunciar para mí ese nombre era como pasear por la playa de Ákaba.

11

El cariño por las máquinas

L a misma tarde que me puso Lawrence de Arabia *en
su vídeo, Orens me contó cómo había ido a Jordania,
donde entre otras cosas había conocido el desierto y ha-*
bía tenido ocasión de sobrevolar Ákaba. En realidad, no
sólo había ido, sino que había vivido allí durante tres años.
Al fin me enteré de que su padre trabajaba en la fábrica de
aviones, al lado de la base. Por lo visto, Jordania había com-
prado bastantes aviones de un modelo que se fabrica aquí,
y que según me contó Orens resulta especialmente apro-
piado, quién iba a decirlo, para aterrizar y despegar en el
desierto, donde no siempre tienen pistas preparadas. Su padre, que era mecánico, había tenido que ir allí para enseñar
a los mecánicos jordanos a arreglar los aviones y resolver
todas las dudas que les surgieran. Su padre siempre estaba
viajando en ese plan, para enseñar a los mecánicos de otros
países, algunos todavía más lejanos que Jordania, a arreglar aquellos aviones fabricados en Getafe. Ahora, sin ir más
lejos, era eso mismo lo que estaba haciendo en Chile. A veces se iba tres meses, otras se iba seis, y ya no siempre se
llevaba a su hijo. Pero cuando le mandaron a Jordania Orens
sólo tenía once años y se trataba de una ausencia larga, así
que se tuvo que ir con él.

—Vivíamos en Ammán, que no me gustaba demasiado —me contó—. Iba a una escuela donde sólo había extranjeros; americanos, ingleses y franceses sobre todo. Había otros tres o cuatro españoles, pero se daban demasiados aires y no me llevaba muy bien con ellos. Tampoco con los otros, salvo con un americano. Se llamaba Mark y era de Nueva York. Me hablaba del puente de Brooklyn y de la nieve. La echaba mucho de menos, que era algo que te extrañaba bastante oírselo a alguien con la piel como el carbón. Mark cantaba rap como una ametralladora y los demás le evitaban siempre. No sé muy bien si era por racismo o porque su padre sólo era un marine de los que los americanos tenían vigilando la embajada. Creo que Mark ha sido el único amigo de verdad que he tenido nunca. Se fue un año antes que yo, a Filipinas, que también está muy lejos de la nieve de Brooklyn.

Era insólito oírle hablar de un amigo. Antes de eso, habría jurado que nunca había tenido algo semejante. Y era peculiar que su amigo hubiera sido aquel Mark de Nueva York. Pero de él no me contó nada más.

—La primera vez que fui al desierto con mi padre —siguió relatando Orens—, me di cuenta de que ya nunca podría olvidarlo. No se me ocurre qué decir para describirte lo que se siente. He querido que vieras la película porque lo enseña muy bien, cuando Lawrence mira el desierto desde lo alto de su camello y se siente un elegido. Eso es lo que te pasa. Toda esa inmensidad parece haberte elegido, a ti solo, como si sólo la hubieran puesto ahí para que tú la miraras. Es lo que pasa también con las luces de Madrid a lo lejos que veíamos el otro día. No te pasa nada de eso cuando estás rodeado de gente. Entonces, nada es de nadie. Todos hablan y corren y nadie escucha y nadie llega a ninguna parte, por mucho que se empeñe.

—Pero no puede vivirse al margen de los demás —dije.

—No —reconoció—. Y es bueno conocer a otros, como Lawrence conoce a Alí, que le sigue cuando ya nadie le sigue, o como yo te he conocido a ti o conocí a Mark. Pero lo mejor lo encuentras así, uno a uno. Y lo que eres y lo que quieres sólo puedes terminar de aprenderlo solo.

Si lo meditaba, estaba de acuerdo con él. Eso era, en el fondo, lo que yo misma había creído siempre. Y si Orens me atraía, quizá fuera, en parte, porque desde el principio había intuido que él pensaba así.

—Para aguantar el tiempo en Ammán comprábamos películas, como te dije. Un día mi padre trajo **Lawrence de Arabia**, y me dijo que era una historia que sucedía justo allí donde estábamos, en Jordania. Cuando vi la película, y descubrí que en ella estaban reflejadas todas mis sensaciones sobre el desierto, me quedé como atontado. La volví a ver, y luego ya no dejé de verla hasta que me la aprendí de memoria. Mi padre se dio cuenta de lo que me gustaba esa película, y un viernes llegó a casa y me dijo: «Mañana te llevaré a ver algo». No me dijo más. Al día siguiente fui con él a la base y subimos a un avión. Ya lo había hecho alguna otra vez, pero aquel día iba a ser diferente. Los aviones que arregla mi padre no son tan grandes como los que ves en los aeropuertos; al despegar se levantan de golpe y al maniobrar se nota mucho todo, no como en esos otros, que van todo el tiempo igual. Me gustaba esa sensación de notarlo todo en el aire, y más encima del desierto. Sólo se veía eso, el aire y el desierto. El piloto voló hacia el sur. A la media hora o así, uno de los jordanos le dijo algo a mi padre. Mi padre me pidió que me acercara a ver y me dijo que allí abajo estaba Petra, donde habían rodado la última película de Indiana Jones. También ésa la teníamos. Me asomé, pero sólo vi unos desfiladeros entre montañas. Pasó otra media hora, o algo más. El mecánico jordano volvió a decirle algo a mi padre. Entonces mi padre me llamó a la cabina para que mirara. Vi una montaña enorme, y más allá una ciudad blanca y al fondo del todo la mancha azul del mar. Era un mar estrecho y alargado. «¿No sabes lo que es?», me pregunto mi padre. No era exactamente la misma, pero aun así lo supe, antes de que mi padre me lo dijera: «Ákaba, la de la película».

—¿Aterrizasteis allí? —le pregunté.

—No. El avión tenía que volver a Ammán. Era un vuelo de entrenamiento.

—¿Y no fuiste nunca por tierra?

—Tampoco. Había quinientos kilómetros desde Ammán. Con el avión se llegaba en seguida, pero en coche era otra cosa. Mi padre no tenía ganas de pegarse viajes así, después de estar toda la semana trabajando.

—Pues qué lástima.

—No te creas. Era preciosa, desde el aire. A lo mejor de cerca no. A lo mejor de cerca era como Ammán; una ciudad cualquiera.

De pronto me di cuenta de lo tarde que se había hecho. Esa noche me esperaba bronca, casi seguro. Cogí a toda prisa los libros con los que disimulaba que estaba en casa de Silvia, estudiando con vosotras.

—¿Te vas? —dijo, sorprendido.

—Mi madre me va a matar —expliqué.

—¿Y mañana?

—¿Mañana qué?

—Que me gustaría verte otra vez.

—¿Para? —pregunté, un poco temerosa.

—¿Hay que planear algo? Ya lo pensaremos.

—Tengo que estudiar. Pronto son los exámenes.

—Ah, ya. Y tienes que seguir siendo la primera de la clase.

—Parece como si tuviera que pedirte perdón por eso —respondí, irritada.

—No. Pero es lo que ellos esperan de ti. Que sigas siendo la primera de la clase, y que saques en todo sobresaliente para tener una alumna modelo que les haga sentirse orgullosos. ¿De qué te sirve eso a ti?

—Perdona, pero a lo mejor me puedes responder tú. También te he visto hacer de alumno modelo.

—Ya te expliqué por qué lo hice. ¿Y tú?

No sólo era una pregunta insidiosa. Tampoco veía por qué tenía que contárselo a él. Era como si defendiera mi derecho a ser como era.

—Porque así me divierto, ¿vale? —le solté.

Orens se pasó las yemas de los dedos por la frente.

—No quiero que te enfades conmigo —dijo—. Sólo que lo pienses.

—No sé por qué quieres meterte en lo que pienso. Y tengo que irme.

Estaba enfadada, pero no estaba segura de que fuera con él. De todas formas, no podía quedarme allí a tratar de resolverlo. Lo que ahora me preocupaba ante todo era el enfado de mi madre.

—¿Te recojo mañana donde hoy, a la misma hora? —insistió.

—No lo sé —dije, y me fui.

Una cosa era segura: al día siguiente, a las seis en punto, o antes, él estaría en la avenida. Así que me pasé el martes dándole vueltas al asunto, sabiendo que llegaría el inexorable momento en que tendría que elegir entre darle plantón o volver a salir con él, sin términos medios. Pensé, aunque al principio me dio rabia, sobre lo que él me había pedido que pensara. Siempre lo había pasado bien estudiando, y siempre me había gustado sacar buenas notas. Me encantaba ese momento de junio en el que llegaba a casa y enseñaba mi lista de sobresalientes y mis padres me miraban y se miraban como si hubieran hecho algo grande. No podía negarlo. Y también disfrutaba leyendo, o resolviendo ecuaciones una tras otra y comprobando que ninguna se me resistía. Pero en los dos meses que llevaba de este curso no me había divertido nada. Lo hacía todo con desgana, como si hubiera empezado a sospechar que algo no iba bien. ¿Adónde me llevaba mi facilidad para los sobresalientes? Después de este curso vendrían dos más, y luego los otros cinco de la carrera, y luego tratar de encontrar un trabajo para tener que estar siempre igual, demostrando que no me equivocaba nunca. ¿Y si de pronto me daban ganas de equivocarme? ¿Y si no quería nada más que equivocarme? ¿Y si, simplemente, estaba aburrida de acertar?

A las seis en punto, después de contarle otra mentira a mi madre, fui a la avenida y me senté en el banco, a su lado.

—Temía que no ibas a venir —dijo.

—Pues he venido —dije yo—. Así que tendrás que pensar qué hacemos.

—Ya lo he pensado.

—¿Ah, sí?

—Esta mañana me he encontrado con un compañero de mi padre, de la fábrica. También es mecánico, pero de reactores. Me ha dicho que esta noche, a las ocho y media, hay un vuelo de prueba. ¿Has visto alguna vez despegar de noche a un reactor?

—No. Pero los he oído. La base no está muy lejos.

—Verlo es diferente. He traído la moto.

Había una moto aparcada en la calle, frente al banco.

—¿Tienes edad para llevar eso?

—Sí. Voy un año retrasado, en el instituto. El problema de los cambios de colegio. Por eso no me importa suspender.

—Deja ese tema —le pedí—. No puedo volver tarde. Mi madre me regañó ayer. Y menos mal que no se le ocurrió llamar a casa de Silvia.

—Por eso he traído la moto, precisamente —dijo—. A las nueve estarás en tu casa, te lo prometo.

—¿Y hasta las ocho y media?

—Daremos una vuelta por ahí.

La moto, ya os lo imagináis, era más grande que él. Parecía imposible que pudiera manejarla, pero podía. Subí atrás y me llevó hasta la otra punta de Getafe, al puente del Sector Tres. Una vez allí, tomó el desvío del cementerio. Ya sabéis que esa carretera no lleva a ninguna otra parte.

—Vaya, qué idea más alegre —dije.

—No vamos al cementerio, si es eso lo que te sospechas. Desde aquí veremos mejor el despegue.

Estábamos al lado de la valla de la base. Por esa zona no hay nada, sólo un campo pelado y amarillo. Comprendí por qué le gustaba, claro. Buscamos un lugar donde dejar la moto y nos sentamos de cara a la pista. Faltaban todavía un par de horas para la que él había dicho.

—Y ese avión, ¿es un avión de guerra? —traté de averiguar.

—Sí. Es un caza.

—No me gustan los aviones de guerra.

—A mí sí.

—Ya me lo puedo suponer, por las películas que ves. Orens se volvió, inquieto.

—¿No te gustó ninguna? —preguntó.

—Me gustaron las dos. Pero no por las escenas de guerra. Y cuando veo un avión de guerra, no se me olvida que sirve para matar gente.

—Es verdad que puedes usarlo para eso —admitió—. Pero un caza también sirve para luchar con otros aviones que pueden derribarte a ti.

—¿Y qué tiene eso de estupendo?

—No es estupendo, pero la caza tiene una especie de emoción irresistible. Y más si la presa puede defenderse. Un caza es como un halcón que ha nacido para enfrentarse a otros halcones. Nadie se mete con los halcones, y eso que ellos matan palomas y otros animales indefensos.

—Las palomas me parecen asquerosas —aclaré—, como ratas con alas. Pero al margen de eso, me resulta imposible verlo como tú.

—Ver qué.

—Ese presunto encanto de la caza.

—Forma parte de la mentalidad del desierto —dijo—. Los hijos del desierto deben cazar para sobrevivir. Ellos cazan gacelas y liebres, animales rápidos a los que es casi imposible acercarse. Por eso los que viven en el desierto tienen una vista prodigiosa, que alcanza mucho más que la nuestra, y una puntería infalible. Matan a sus piezas de un solo balazo, como Robert de Niro, aunque ellos lo hacen sobre todo para ahorrar, porque son pobres. Pero hay algo que tienes que tener en cuenta. La gente del desierto quiere a las gacelas, y sólo las mata cuando es indispensable. A los buenos aviadores les pasa igual: aprecian a sus rivales, y les entristece derribarlos.

A Orens era fácil escucharle cosas así, ideas mezcladas y paradójicas, donde se juntaban palabras, amor y caza, aprecio y muerte, que nunca habrías dicho que pudieran reunirse de ninguna manera.

—¿Quieres ser aviador? —deduje.

—No —rechazó Orens—. A mí me basta con poder mirar los aviones en tierra. Lo que yo quiero ser es mecánico, como mi padre.

Eso sí que era raro. Entendía que Orens quisiera ser lo mismo que su padre. A cuántos chicos no les pasa eso. Pero preferirlo a ser piloto, que es una cosa que tiene tanto prestigio y tanto romanticismo, un romanticismo al que él mismo no parecía indiferente, resultaba bastante chocante.

—Un mecánico sólo arregla la máquina que usa otro —dije—. ¿No preferirías ser el que usa la máquina?

—Usar es poca cosa. El piloto sólo dirige el avión. El mecánico consigue que vuele, y lo ve partir, y espera a que regrese. El cariño que él siente por la máquina no lo siente nadie, ni siquiera el piloto. Y nadie conoce el avión como él. Después de mandar a miles de hombres en el desierto y de conquistar Damasco, Lawrence de Arabia se hizo mecánico de aviación. Se pasó el resto de su vida arreglando y cuidando máquinas. No sólo aviones, también lanchas y su propia motocicleta, que reparaba personalmente. Si ser mecánico era bastante para él, también lo será para mí.

Me quedé un rato en silencio. Me sentía idiota; idiota y superficial. Pero había algo que no podía callarme:

—Cualquiera pensaría que prefieres las máquinas a las personas.

—Según qué personas. Lo cierto es que las máquinas no te fallan, si sabes cuidarlas. No sé si todas las personas llegan a tanto.

La noche fue cayendo sobre nosotros. Pronto se quedó como boca de lobo, sin más luz que la de las farolas de la carretera del cementerio.

—Es una lástima que esté tan oscuro —observó Orens, mirando al cielo—. El avión lleva luces, pero esas luces apenas lo iluminan a él.

Faltaba todavía para las ocho y media. Seguimos esperando. Era una noche un poco fría, pero me gustaba. Me gustaba estar allí, sentada con él, y volverme y ver la moto que esperaba, y mirar hacia las luces de Getafe y verlas como si pertenecieran a otra ciudad, lejana y misteriosa. De pronto, las nubes se abrieron y en lo alto del cielo apareció una luna casi entera.

—Va a haber luna —celebró Orens—. Será fantástico.

Poco después, pasó algo portentoso. En la inmensa superficie oscura de la pista se encendieron de pronto unos regueros de luces azules. Comprendí que servían para marcar los límites de la pista y para orientar al piloto en el despegue. Nunca habría pensado que para eso utilizaran luces azules. Era un azul un poco violeta, como el de las vetas oscuras de los ojos de Orens. Él estaba tan embobado como yo.

—Aquí viene.

Al otro extremo de la pista apareció el avión. Era afilado y gris y sus dos motores rugían suavemente. Cerca de la punta, debajo de la cabina, tenía dos alitas pequeñas, como las alas de una flecha. Rodó hasta la cabecera de la pista sin prisa, dejando que lo contempláramos a la luz de la luna. No llevaba bombas, ni misiles, ni nada. Se quedó unos segundos parado allí, aguardando. Desde su interior empezó a crecer un estruendo, y cuando el estruendo alcanzó un volumen ensordecedor, salió disparado. Cogió velocidad en seguida, impulsado por la potencia de sus motores. Pasó como una bala por delante de nosotros, siguiendo la guía de las luces azules, y un segundo después de que su morro se despegara del suelo subió como un cohete hacia el cielo. Vimos el fuego naranja de sus dos reactores hacerse pequeño en lo alto, hasta que desapareció. En unos pocos segundos, el ruido se apagó del todo. Y apagaron también las luces azules de la pista.

—¿Habías visto alguna vez algo igual? —preguntó.

No podía negarlo. Era un caza, una máquina que servía para matar. Pero era la máquina más fascinante que había visto nunca. Me estaba volviendo como él, incomprensible y paradójica. O quizá lo había sido siempre.

—No —confesé.

—Tampoco puedes resistirte al encanto de la caza —dijo, satisfecho.

A eso no respondí. Aquella noche, Orens cumplió escrupulosamente su palabra. A las nueve menos cinco me dejó en mi portal.

12

El ejemplo de Lanzarote

También nos vimos el miércoles, y el jueves, y el viernes. Todos los días él proponía que quedáramos al otro, y yo primero pensaba que mis padres se acabarían oliendo el asunto y después, cada vez más vagamente, que se avecinaban los exámenes y seguía sin prepararlos. Pero nunca le decía que no, y muchos días tampoco que sí; sencillamente volvía a ir la tarde siguiente a la avenida para encontrarme con él. Dependiendo del día, íbamos a su casa a ver alguna de sus cientos de películas, o traía la moto y me llevaba a alguno de los lugares solitarios que había ido encontrando por Getafe. Lo más asombroso de todo fue comprobar que había desaparecido totalmente el impulso que me había llevado a ir con él la primera vez. A diferencia de lo que sucedía al principio, ya no había nada en su conducta que me costara entender. Al cabo de varios días de escucharle, después de ver cuatro o cinco de sus películas favoritas, y sobre todo después de haber visto Lawrence de Arabia, todo lo que antes me había parecido absurdo o estrafalario se volvía lógico y comprensible. Orens se comportaba de un modo que la mayoría de la gente no entendía, pero no porque lo hiciera sin pensar, sino porque pensaba más que el resto.

Si ahora iba con él, no era por aquella curiosidad malsana de antes. Ahora lo que me movía era otro tipo de curiosidad. Lo que más me desconcertaba de todo era la facilidad con que yo misma iba entrando en su mundo y en su manera de ver las cosas. Por describirlo de alguna forma, era como si me estuviera probando un guante que habían fabricado a la medida exacta de mi mano, pero sin haberme tomado las medidas antes. De vez en cuando trataba de verlo todo con los ojos de cualquiera, qué sé yo, Gonzalo o la Rastafari. Trataba de imaginar qué pensarían ellos si vieran al demonio loco, al caso perdido, haciendo las mejores migas con la fría y equilibrada Irene. ¿Cómo podría hacerles entender que ahora me llamaba Aíxa, y que sentía que Orens y yo éramos parecidos? «De ninguna forma —habría respondido Orens—, y eso te prueba que tienes razón.»

Y yo misma me empeñaba en creerlo, pero tampoco estaba segura de estar haciendo lo que debía hacer. Simplemente lo hacía, porque no había nada que quisiera más. Así de sencillo.

Una tarde, en su casa, Orens me enseñó un libro. Se llamaba Los Siete Pilares de la Sabiduría, *y su autor, como ya sabéis, era T. E. Lawrence.*

—Lo conozco. No sabía que lo tuvieras —*dije.*

—Lo cogí de una librería de esas grandes, en Madrid.

—¿Lo cogiste?

—Tú me entiendes —*se rió; sin duda se acordaba de cuando tú, Laura, le habías visto robar los compactos, y adivinaba que me lo habrías contado en su momento—. Pero eso es lo de menos. ¿Lo has leído?*

—No.

El libro era bastante gordo, ochocientas páginas con la letra muy pequeña. Me dejó hojearlo. En él se relataban minuciosamente todos los episodios de la guerra del desierto. No parecía demasiado fácil de leer.

—La historia, tal y como la cuenta él aquí —explicó—, es un poco diferente de la de la película. Por ejemplo, es verdad que mata a uno de sus hombres para evitar que los árabes se peleen, y también que salva a uno que se pierde en el desierto. Pero no son la misma persona.

—¿Y hay muchas más mentiras como ésa en la película?

—Yo no diría que es una mentira —protestó—. Lo que trata de contarte la película es que Lawrence igual podía arriesgar la vida por uno de sus hombres que podía dispararle, si sentía que debía hacerlo para evitar otro mal mayor. La película refleja fielmente la dureza del desierto. A veces, hay que prescindir de lo que más se quiere para seguir adelante.

—Eso es demasiado triste. Supongo que no todo será así. Léeme algo que levante el ánimo —le pedí, mientras le devolvía el libro.

Orens me miró durante un segundo de un modo extraño, como si aquel frívolo comentario mío le molestara. Pero abrió el libro y buscó un pasaje. Empezó a leer. Lawrence contaba que una vez, atravesando el desierto de Siria, sus guías árabes le llevaron a ver las ruinas de un palacio que al parecer había sido construido por un príncipe para su amada. La arcilla con la que lo habían hecho, según los guías, no había sido amasada con agua, sino con esencia de flores. Le fueron llevando de una habitación a otra, entre los muros desmoronados, y en cada una le invitaban a oler. En una le decían que era jazmín, en otra que rosa, en otra que violeta. Antes de entrar en la habitación principal, le anunciaron que iba a aspirar la esencia más suave de todas. Entraron y le pidieron que les acompañara hasta la pared que daba a la fachada de oriente. En esa pared estaban los huecos de las ventanas. Le acercaron a una de ellas y le hicieron oler el aire puro del desierto. «Ésta —le dijeron— es la mejor: no tiene sabor.»

—Una bonita historia —admití.

—Pues también es mentira, según tú —observó Orens, perversamente.

—¿Por qué?

—Lawrence era arqueólogo. Se dio cuenta de que aquello eran unas ruinas romanas, nada de amadas ni de príncipes. Lo cuenta en el libro.

Me quedé mirándole, mientras él me aguantaba la mirada, muy serio. De pronto se echó a reír, y no pude evitar reírme yo también.

—Maldito cerdo —dije.

—Es que a veces eres demasiado cerebral, Aíxa.

—No empieces por ahí otra vez.

—De acuerdo. Ya sé que no puedo meterme con los estudios. Por cierto, ya no debe de faltar mucho para los exámenes, ¿no?

—No me lo recuerdes. Lo que me impresiona es que tú estés tan tranquilo. Un buen día dejas de ir al instituto, y ya está.

Orens dejó escapar un suspiro.

—Ya he perdido un curso una vez, y tampoco se hundió el mundo. Además, los mejores mecánicos no se hacen en las escuelas. Yo desarmo mi moto y la vuelvo a armar cada vez que me da la gana, sin necesidad de haber ido a ninguna escuela de mecánicos de motos.

—Ya veo que tú lo tienes muy claro —reconocí—. Pero no creo que yo pueda decir lo mismo.

—Quizá tendrás que averiguar primero qué quieres ser —sugirió.

—No es tan fácil.

—En todo caso, juegas con ventaja. Cuando te toque ir a la universidad podrás escoger la carrera que te apetezca. También allí sacarás las mejores notas y cuando termines tendrás un buen trabajo. Ahora las mujeres llegan a jefas y a directoras, no como antes. Tú podrás ser lo que quieras.

—Puede que ésa sea justamente mi desventaja —me quejé.

Orens me observó, en silencio. Trataba de comprenderme, o me comprendía, y trataba de buscar la manera de ayudarme.

—Eso me recuerda algo —dijo al fin, poniéndose en pie.

Desapareció y al cabo de un rato vino con otro libro. Me lo dio. Se llamaba La muerte de Arturo. Su autor era un tal Sir Thomas Malory.

—¿Y esto?

—Durante toda la guerra del desierto —dijo—, Lawrence llevó un solo libro en su petate. Este libro. Cuenta las historias del rey Arturo y de los caballeros de la Tabla Redonda. Entre batalla y batalla, o al final de sus largas cabalgatas por el desierto, Lawrence leía las viejas leyendas medievales de Arturo y los suyos. Lo dice la introducción de su libro, y también dice que Lawrence compartía los antiguos ideales de nobleza y de valor de aquellos caballeros. Cuando me enteré, me fui a la misma librería de Madrid y cogí este libro. Ahora me gustaría que te lo quedaras tú.

—¿Por qué?

Consultó su reloj.

—No es muy tarde. Puedo ponerte algo que te lo explicará.

Como tantas otras veces, se fue al mueble donde guardaba sus películas. Rebuscó entre ellas y dio con la deseada.

—Hace años rodaron esta película sobre el rey Arturo. Viene a ser un resumen de ese libro que tienes entre las manos.

Me quedé mirando el libro, abstraída. Reparé otra vez en el título.

—¿Por qué se llama La muerte de Arturo?

—También eso lo explica la película —aseguró, mientras venía hacia el sofá con el mando a distancia en la mano.

Esta vez, no me enseñó la carátula de la cinta. Cuando arrancó, aparecieron primero unos títulos que decían que aquélla era la historia de unos tiempos oscuros, de un mago,

Merlín, y de una espada, Excalibur. Ése, Excalibur, era justamente el título de la película, y cuando salió en pantalla empezó a sonar una música sobrecogedora. Luego pude averiguar de qué música se trataba, porque Orens tenía la banda sonora de la película. En la funda del disco decía que era la Marcha fúnebre de Sigfrido, de El ocaso de los dioses de Richard Wagner. Por los comentarios que nos hacía el de Música el año pasado, no sé si os acordaréis, había creído que Wagner era sólo una especie de nazi demente. Es una pena que nunca nos pusiera nada suyo, porque la música de la película era increíble.

En la película se cuenta primero cómo llegó Arturo a ser rey. El rey anterior, antes de morir, había clavado su espada mágica Excalibur en una roca. Quien la sacara, le sucedería en el trono. Los caballeros más fuertes lo intentaban, sin éxito. Un día, cuando la espada ya lleva muchos años clavada en la roca, aparece por el lugar Arturo, que no es caballero, sino un simple escudero y no especialmente fuerte. Ante el asombro de todos, consigue sacar la espada con una sola mano. Unos le aceptan como rey y otros se niegan a obedecer a un escudero. En ese momento se presenta el mago Merlín, que ha velado por Arturo desde su nacimiento, y revela a todos que es el hijo del anterior rey. Pero muchos siguen sin reconocerle. Hay una guerra, tras la que Arturo consigue convencer a los que no le aceptaban. Para celebrar la paz, el nuevo rey hace construir una fortaleza de plata y oro, Camelot, y en ella una enorme mesa redonda para reunirse con sus caballeros. Arturo se casa con la hija de uno de los más fieles, una doncella llamada Ginebra, y todo parece lleno de felicidad. Pero Merlín, el mago, advierte al rey que el mal se esconde siempre donde menos se espera.

Un día, los caballeros del rey se encuentran con un caballero desconocido que les impide atravesar un puente. El caballero exige a quien quiera pasar que se enfrente con él.

Uno por uno los desmonta a todos, hasta que el propio rey acude a desafiarle. El caballero se llama Lanzarote del Lago, y nunca ha sido vencido. Ésa es su maldición, dice, y busca a alguien que le derrote para que sea su señor. Lanzarote desmonta a Arturo y está a punto de ganar el combate, cuando el rey invoca el poder de su espada Excalibur. Con ella consigue vencer a Lanzarote, pero al precio de partir la espada que es el símbolo de su reino. Espantado, la deja caer en el agua. Al poco, salen del agua unas manos de mujer que le devuelven la espada otra vez entera. Es la Dama del Lago, la misma que le dio la espada a su padre. Lanzarote, feliz por haber sido derrotado, promete servir siempre a Arturo. El rey le elige como su primer caballero y le nombra su defensor.

Y Lanzarote le sirve fielmente, hasta que conoce a Ginebra y Ginebra le conoce a él. Los dos intentan impedirlo, sobre todo Lanzarote, pero al final acaban traicionando al rey. Arturo los descubre, mientras duermen el uno junto al otro, y clava la espada Excalibur en el suelo, entre los dos. Sin su espada, sin su reina, sin su mejor caballero, el rey cae enfermo y el reino se hunde en la miseria y en el caos. Incluso Merlín muere, y su conjuro secreto pasa a la hechicera Morgana, que lo usa para embrujar a Arturo. La única solución es encontrar el Santo Grial, dice el rey, y todos sus caballeros parten en su busca. Atraviesan llanuras, cordilleras, viajan bajo el viento y la nieve. Muchos mueren en el empeño. Así transcurren años, mientras el rey languidece y se hace viejo y sus caballeros siguen cayendo en tierras lejanas. Al final uno de ellos encuentra el Grial, le da de beber en él al rey y Arturo recupera las energías. Las necesita para volver a combatir. Mordred, el hijo de la hechicera Morgana, ha sublevado contra Arturo a todo su reino y amenaza Camelot. Antes de nada, el rey va a visitar a Ginebra, que ahora vive en un convento, y le hace saber que la ha perdonado. Ginebra le devuelve la espada Excalibur, que ha guardado para él. Lanzarote, que lleva años vagando como un loco por el reino, vuelve a vestir su armadura y a ofrecerse para servir al rey. Arturo también le perdona.

El rey y su puñado de caballeros, que ya no son tan jóvenes y han conocido el sabor de la derrota, cabalgan hacia el combate final. La noche antes de la batalla, Arturo llama a Merlín. Necesita su ayuda, porque los enemigos son muchos más que ellos. Merlín vuelve del mundo de los sueños para ayudarle y para vengarse de Morgana. La hechicera, engañada por Merlín, llena el campamento de Mordred de una niebla que los hombres de Arturo aprovechan para atacar por sorpresa. Los envejecidos caballeros consiguen la victoria, y Arturo queda solo frente a Mordred. Mordred no tiene miedo, porque Morgana le ha dado una armadura que no puede atravesar ninguna espada hecha por hombres. No sabe que la espada de Arturo es Excalibur, que no fue forjada por mano humana. Mordred hiere de muerte a Arturo, pero al segundo siguiente muere atravesado por Excalibur.

Arturo, sintiéndose morir, llama a uno de sus más leales caballeros. Con un hilo de voz, le ordena que se vaya con la espada a un lago de aguas tranquilas y la tire en lo más hondo. Cuando el caballero, obedeciendo a Arturo, tira la espada, del lago sale una mano de mujer que la coge al vuelo, la sujeta durante un momento y la hace desaparecer bajo el agua. El caballero vuelve junto a Arturo, pero llega demasiado tarde. Un barco se lleva su cuerpo hacia mar abierto. Así acaba la película.

Yo había oído hablar del rey Arturo y de sus caballeros, incluso conocía por encima la historia. Me sonaba lo de Lanzarote y Ginebra, y lo de la Tabla Redonda y Camelot. Pero nunca había visto en ningún sitio un Lanzarote tan atormentado, ni sabía nada de ese combate final, cuando los caballeros ya son viejos y luchan a la desesperada. En Excalibur las escenas de batallas eran además feroces y ruidosas, mucho más realistas que en otras películas de caballeros que había visto antes. Aunque en esta película había también imágenes de una dulzura sorprendente. Como cuando los viejos guerreros van cabalgando entre los árboles en flor, camino de la batalla, y van arrancando con sus estandartes una lluvia de pétalos blancos.

Creía haber entendido, pero quise oírselo a él.

—¿Y bien? —dije.

—¿Quién crees que es mi personaje favorito? —me devolvió la pregunta.

—Lanzarote —contesté, sin vacilar.

—Exacto. Es el mejor, el más perfecto, pero a él le toca ser el traidor. Vence siempre, pero lo que busca es a alguien capaz de derrotarle. Le pasa como a ti. Está harto de sus triunfos.

—¿Qué quieres decir?

—Que a lo mejor te hace falta un poco de fracaso, como a él.

Me quedé dando vueltas a sus palabras. Supuse que si le hubierais oído los que me queríais, vosotras o mis padres, habríais interpretado que Orens trataba de echarme a perder. Pero para mí no podía ser tan simple.

—¿Es eso lo que tú haces? —pregunté.

—¿El qué?

—Buscar el fracaso, como Lanzarote.

Orens esquivó mi pregunta. Volvió a coger el libro de aquel Malory.

—El título, si lo ves, tiene su ironía —observó—. El libro se llama La muerte de Arturo, pero resulta que en él se cuenta todo menos eso. Nadie ve morir a Arturo. Antes de que su corazón deje de latir se lo llevan en un barco, nadie sabe adónde. Las leyendas dicen que Arturo sigue navegando en ese barco y que algún día puede volver. Si lo miras, también Arturo fracasa, pero se enfrenta a su fracaso, y eso es lo que le convierte en una leyenda.

—Hay una cosa que tengo que reconocerte —dije.

143

—¿Sí?

—Nunca me han interesado demasiado las historias de guerreros medievales, ni de guerreros en general. Pero la última carga, cuando los caballeros son viejos y todo está contra ellos, tiene algo emocionante.

Orens dejó que a sus labios se asomara su mejor sonrisa, la que tenía siempre antes de sorprenderte.

—Ven conmigo —dijo.

Fuimos a su habitación y encendió el ordenador. Acercó una silla y me pidió que me sentara. Me explicó:

—Estas fotos me las bajé de Internet. Estaban en una página llena de ellas.

Movía el ratón a toda velocidad, abriendo y cerrando programas, hasta que encontró el que al parecer buscaba. Siguió pinchando y del fondo del disco duro empezaron a aparecer imágenes. Las primeras eran de Lawrence joven, vestido primero de militar y después de beduino. De éstas había muchas, con ropas blancas casi siempre; en una aparecía rodeado de jeques, en otra a camello, en otra en un coche con un militar inglés. Lawrence era muy bajo de estatura y llevaba las ropas de beduino con una humildad altiva que me era familiar. También había fotografías en las que aparecía de uniforme, pero con la cabeza cubierta con el pañuelo de los beduinos.

—¿Cómo se llama eso que lleva siempre en la cabeza?

—Kufía —respondió Orens—. Pero no eran éstas las que quería enseñarte.

Siguió pinchando y empezaron a aparecer otra clase de fotografías. En ellas Lawrence volvía a vestir uniforme británico y era algo mayor. Según me dijo Orens, una de estas otras fotografías, en la que aparecía con pantalones cortos y la camisa desabrochada, era de cuando había servido como mecánico de aviación en Karachi, que entonces era la India y hoy es Pakistán. También había otra en la que se le veía subido en su moto y hablando muy sonriente con alguien.

Las piernas le llegaban por poco al suelo, como le pasaba al propio Orens en su moto.

—Aquí viene la última. Ésta es la mejor.

La última fotografía era un primer plano de la cara de Lawrence. No iba vestido de militar ni tampoco de beduino. Llevaba una chaqueta y un jersey oscuro de cuello alto. No miraba a la cámara, sino a una luz que llegaba desde la derecha y que volvía casi transparentes sus soñadores ojos azules. Tenía bolsas debajo de aquellos ojos, y aunque no se veían otras arrugas en su cara, se notaba que ya no era joven.

—Esta foto se la hizo después de abandonar el ejército, poco antes de matarse. Como a Arturo, ya sólo le quedaba la leyenda.

La imagen de aquel Lawrence se me quedó grabada en el cerebro. Parecía un hombre cualquiera, débil y cansado, salvo por la mirada. Era una mirada lejana y amarga. Entonces supe que ésa era la mirada de los héroes, de los que conquistan lo que no está al alcance de las personas corrientes y tienen que vivir y morir en la soledad de su leyenda. Así era la mirada de Arturo, en la película. Así, también, era la mirada de Orens, que tampoco era una persona corriente y soñaba con la soledad del desierto. Aquella tarde descubrí algo que nos separaba irremediablemente. Él quería mirar así, pero yo no. En adelante, todas las mañanas, me pondría delante del espejo con un solo deseo: no encontrar nunca esa mirada en mis ojos.

Aquella tarde comprendí, también, que Orens se iría un día, y que si no se iba él sería yo quien dejara de acudir. Pero volví a quedar con él para la tarde siguiente. A pesar de todo, quizá tuviera razón. Como a Lanzarote, a mí también me hacía falta conocer el sabor del fracaso.

13

La música de tu risa

Aunque al recordarlo desde aquí me parece que todo pasó en un suspiro, fueron muchas las tardes, una detrás de otra, y vosotras sabéis mejor que nadie durante cuántas semanas. Terminó llegando el momento en que mis padres se dieron cuenta de que pasaba algo anormal. De vez en cuando yo seguía recurriendo a la mentira de las sesiones de estudio en casa de Silvia, pero otras muchas veces salía por las buenas, sin importarme si era jueves o domingo y sin dar ninguna explicación. Aquellas salidas me quitaban de estudiar tres o cuatro horas todas las tardes, y cuando volvía tampoco tocaba los libros. Si Orens mencionaba el asunto le hacía callar, pero lo cierto era que había perdido todo el interés por el instituto y que dejaba que los días fueran pasando sin hacer nada. Sabía que estaba metiendo la pata, porque a diferencia de Orens no tenía claro lo que quería hacer en la vida, y mientras siguiera así lo único inteligente era tratar de seguir sacando buenas notas, que siempre iban a ayudarme. El caso es que me daba igual qué pudiera ser lo inteligente, y en cuanto a lo de meter la pata, casi me apetecía la idea. Era como cuando te entran ganas de romper algo, pero a lo bestia. Cuando sientes esa clase de deseos, sabes que te vas a arrepentir si te dejas llevar por ellos, pero no puedes evitarlo.

Un día mi madre decidió abordar la cuestión:

—No se te ve estudiar mucho, salvo cuando vas a casa de Silvia. ¿No están los exámenes al caer?

Me di cuenta de que no podía iniciar ni mucho menos mantener una discusión al respecto. Así que opté por defenderme a cañonazos. Estaba feo, porque era mi madre y me preguntaba con buena intención, pero dije:

—No hace falta que me recuerdes cuándo tengo los exámenes. Hasta ahora me habéis dejado a mi aire, y creo que no ha resultado mal.

—Bueno, mujer, tampoco tienes que ponerte así.

—No sé, es que creo que me he ganado el derecho a que se confíe en mí. Por lo menos un poco, y aunque sólo sea en los estudios.

Ya conocéis a mi madre, y yo la conozco también. Sabía que con aquel reproche se sentiría obligada a dejarme en paz, al menos hasta que yo hiciera algo que justificara indiscutiblemente su intervención. Y así fue. No me sentí aliviada por habérmela quitado de encima de esa manera, porque terminaría llegando el día en que pudiera pedirme cuentas y entonces me las pediría y yo no tendría manera de escaparme. Pero esa parte formaba parte de un futuro en el que por aquel entonces apenas pensaba.

Durante nuestros encuentros, Orens me contaba historias de los viajes que había hecho con su padre, películas que había visto, o simplemente cosas que le habían sucedido aquí y allá. Me encantaba oírle contar historias, porque lo hacía con sencillez y sin ocultar nada. Podía pedirle cualquier detalle, que me lo daba sin rechistar. Es agradable notar que te lo están contando todo, y que quien te lo cuenta se esfuerza por que lo pases bien. Sientes que se fían de ti, y eso hace que tú también te fíes y entres en la historia como si fuera tu propia historia. Orens siempre se ocupaba de eso *y siempre trataba de gustar. Era curioso que alguien que prefería el desierto tuviera ese cuidado a la hora de tratar de atraer a la gente.*

Una tarde, temiendo estarme metiendo en zona prohibida, pero sin poder resistir la tentación, me atreví a comentar:

—*Nunca me has hablado de tu madre.*

Mi comentario no era del todo exacto. Me había dicho una vez que cuando Anselmo le había preguntado dónde podía encontrarla, él le había respondido que en ninguna parte. Eso me hacía sospechar algún tipo de tragedia. Pero Orens no se entristeció en absoluto.

—*¿Mi madre?* —*dijo*—. *Bueno, ésa es una historia bastante cómica.*

—*¿Cómica?* —*repetí, estupefacta.*

—*Sí, diría que ésa es la palabra. Para empezar, mi madre es suiza. Ahora vive en una ciudad bastante insulsa que se llama Winterthur.*

Dijo Winterthur de una manera rara. Como si fuera alemán. Al oírle pronunciar así aquella palabra extranjera, tuve una duda:

—*¿Y cómo te apellidas Martín de segundo, si tu madre es suiza?*

—*No es Martín, sino Martin. Sin acento. Aquí nadie lo dice bien, aunque yo me esfuerce en escribir la i con un punto bien redondo.*

—*Vaya* —*medité*—. *Así que resulta que tienes una madre, en...*

—*Winterthur* —*repitió.*

—*Luego a Anselmo le engañaste.*

—*No. Él me preguntó si podía localizarla. Naturalmente podía ir a Winterthur y buscarla allí, pero me imaginé que me preguntaba si podía localizarla por teléfono. Y yo no tengo el teléfono de mi madre.*

—*¿No?*

—No me hace falta para nada. Hace cuatro años que no hablo con ella.

Era la primera vez en mi vida que oía a alguien referirse así a su madre. Orens, a quien no le pasó desapercibido mi desconcierto, decidió entonces contarme la historia. Resultaba que su padre se había ido a trabajar allí, a Suiza, hace algo más de treinta años. Por ese dato deduje, como deduciréis vosotras, que su padre debe de ser algo mayor. Al parecer, cuando se marchó tenía otra mujer. Esa otra mujer murió joven, y poco después su padre conoció a su madre. Ella tenía diez años menos y era profesora de idiomas. No llegaron a casarse nunca, pero le tuvieron a él. Nació en una ciudad llamada Lucerna, cerca de aquella Winterthur.

—Lo que quiere decir que soy técnicamente suizo —dijo—, aunque eso importa poco. Mi padre volvió a España cuando yo tenía cuatro años. Para entonces ya se había peleado con mi madre, o mi madre con él, y a la hora de ver quién se quedaba conmigo, mi padre le quitó un peso de encima ofreciéndose a traerme. Mi madre no era demasiado sufrida, y decía que yo la sacaba de quicio. Ésa es la frase española que más recuerdo haberle oído, cuando vivía con ella: «Me sacas de quicio». Normalmente, prefería quejarse en alemán, que es lo que hablan allí.

—¿Y no la has visto desde entonces?

—Sí, un par de veces. La primera fue cuando tenía ocho o nueve años. Yo ya me había acostumbrado a vivir solo con mi padre y casi me había olvidado de que tenía una madre en alguna parte. En los cuatro o cinco años que llevaba sin verla, tampoco te creas que se había interesado mucho por mí. Pero de repente le debió dar alguna fiebre y se empeñó en que fuera a pasar un verano con ella. Mi padre, aunque se resistió al principio, acabó cediendo. Me montó en un avión y allí que aparecí. Mi madre estaba más cariñosa que nunca, por lo menos los primeros días. Tenía un marido, creo que era su marido, bastante siniestro por cierto; entre los dos habían pensado que me encantaría pasar el verano en un chalé en la montaña. El lugar era muy bonito, desde luego, con picachos nevados a lo lejos y todo rodeado de praderas donde pastaban unas vacas perfectamente suizas. Lo malo era que se empeñaban en que comiera unas cosas repulsivas, como unas plastas de queso derretido fortísimo en las que el marido siniestro de mi madre mojaba pan. Y por si eso fuera poco, siempre andaban discutiendo en alemán, con lo que yo no me enteraba de mucho. Al final acabé aislándome; me iba a pasear solo, incluso llegué a aficionarme a hablar con las vacas. Todo menos estar allí, viendo lo histérica que era mi madre y lo pelmazo que era su marido comedor de queso pringoso. Una tarde que no tenía ganas de volver, me planté y no volví. Me quedé sentado en el prado, viendo cómo se hacía de noche sobre las montañas. Organizaron un escándalo del demonio, y no sé cuántos cientos de suizos se pasaron toda la noche buscándome. Cuando me decidí a reaparecer, mi madre me estaba esperando hecha una furia. En las películas los padres abrazan llorando a sus hijos perdidos, cuando los encuentran, y los abrazan aunque los niños se hayan perdido solos y no se los haya llevado nadie. Mi madre no me abrazó. Me dio un guantazo, me insultó en alemán y me puso en el avión de vuelta.

Nadie habría dicho que aquella historia era su propia historia. Me la contaba exagerando cada detalle, partido de risa.

—La segunda vez —siguió— fue todavía más divertida. Yo tenía doce años, y me invitó a pasar una semana con ella en esa ciudad donde vive, Winterthur. Quizá estaba arrepentida de lo de la otra vez, aunque si era eso se había tomado su tiempo, o quizá, pensé después, quería enseñarme como una especie de muñeco español a su nuevo marido. Este marido también era suizo y también comía queso pegajoso, aunque no siempre. No era siniestro, pero tenía sus cosas, como verás. Esta vez, aterricé en Suiza con el firme propósito de no meter la pata. A fin de cuentas iba sólo para diez días, y como me había dicho mi padre, no me costaba nada esforzarme un poco y tratar de no causar problemas. Procuré ser amable en todo momento con Helmut, que así se llamaba el marido, y a mi madre intenté convencerla de que no había traído al mundo un monstruo. Le llevé incluso un regalo, que abrió con una mirada de pánico pero pareció gustarle. Ellos también fueron muy correctos, al principio. Me llevaron a ver la ciudad y a comer a restaurantes elegantes, donde yo me esmeré y me estuve tan quieto como ellos, casi como si fuera un suizo de verdad y no uno que había nacido allí de carambola. Tan bien parecía ir todo, que empecé a confiarme. Una mañana que me quedé solo en casa, estuve curioseando en la biblioteca de Helmut. La mayoría de los libros estaban en idiomas que no entendía, pero también tenía unos atlas increíbles. Me chiflan los mapas, y allí los había estupendos, de todas las épocas y de todos los colores. No pude resistirme a sacarlos todos, con la mala fortuna de que cuando volvió Helmut estaban desparramados por los sofás y por la mesa. Helmut, al ver aquel espectáculo, no dijo nada. Me miró como si yo fuera un bicho disecado y se dio media vuelta. Fue poco después mi madre, desencajada, quien me advirtió a gritos que Helmut no soportaba que le desordenaran los libros. Tomé nota.

Orens se paró a coger aliento, o más bien a cerciorarse de que me tenía enganchada a su relato. Me tenía, y continuó, recreándose:

—La catástrofe empezó a prepararse otra mañana. Ya sabía que la biblioteca era lugar sagrado, así que cuando sentí que me aburría apunté a otro objetivo. Vi que tenían un equipo de música bestial, y un montón de discos compactos. Entre los discos había de todo, desde música clásica hasta las cosas más modernas. Faltaba tiempo para que volvieran y me dediqué a picar aquí y allá. Había quedado claro que Helmut era un maniático del orden, así que me preocupaba de mirar de dónde cogía cada disco y de devolverlo exactamente al mismo sitio. Todo fue bien hasta que encontré el primer disco de un grupo al que no había oído nunca, los Housemartins. Como me gustó, busqué más. Los tenían todos, y los fui escuchando uno tras otro, pero con el entusiasmo me olvidé de guardar los que ya había puesto. Y lo que iba a desencadenar la tragedia: me dejé uno de los compactos fuera de la funda, apoyado en la parte donde va grabado todo, la que lee el rayo láser. Nunca olvidaré el momento en que apareció Helmut. Sonaba a todo volumen una canción que se llama Caravan of Love. Es una canción preciosa, pero el muy desgraciado ni siquiera la oyó: vio el disco suelto encima de la funda, se puso pálido, gritó algo en alemán y se fue a buscar a mi madre. La bronca que me cayó fue espectacular. Para ayudar un poco, los vecinos se habían quejado de lo alta que había tenido la música. Desde ese momento, Helmut no volvió a mirarme, y mi madre unas veces me miraba con una especie de asco y otras como si le fuera a dar una lipotimia. Lo aguanté dos días. Al tercero, tomé una decisión heroica. Sólo quedaban dos días para irme, y podría haberme ahorrado aquello, pero quise asegurarme de que no iban a invitarme nunca más. Cogí todos los atlas de Helmut y los abrí sobre el suelo. Cogí todos los compactos, los saqué de sus cajas y los fui dejando caer por los pasillos; unos caían por la parte donde no pasaba nada, otros, más o menos la mitad, por la parte destinada al rayo láser. Luego fui al frigorífico y conseguí diversas sustancias: miel, mermelada, mantequilla, queso cremoso, ketchup, mostaza, salsa tártara, leche condensada, cocacola light. Fui untando o derramando, según el caso, todos aquellos mejunjes sobre las páginas de los atlas de Helmut, y con lo que me

152

sobró embadurné los discos compactos que habían caído con el lado sensible hacia arriba. Terminada mi tarea, me senté a esperar. Fue glorioso. Tuvieron que llevárselo en ambulancia, echando espumarajos por la boca. Mi madre no paró hasta conseguirme un avión para esa misma noche. Y hasta hoy.

Si se analizaba, la historia era más bien terrible. Pero no lo pude evitar: me reí como hacía tiempo que no me reía, sobre todo al verle imitar a aquel suizo Helmut al que había puesto al borde de la apoplejía. Orens me miraba y sonreía también. Quizá me estaba pasando, pensé.

—Lo siento —dije.

—¿Por qué? —le quitó importancia—. Me gusta oír tu risa. Es como una música. Lástima que no te rías más veces.

Esto ya lo dijo más serio, y yo me puse seria también. Me avergonzaba un poco oírle hablar así de mi risa.

—No sé si es la ocasión más apropiada para reírse —me disculpé—. No debe ser muy agradable vivir toda la vida sin madre.

Orens se encogió de hombros. Pero ya no reía.

—No, claro —dijo—. Me imagino que habría preferido tener una madre a la que pudiera recurrir, como el resto de la gente. Pero todo es un poco como te acostumbras. ¿Que no está? Pues sin ella. Aquella mañana en Winterthur, mientras veía los atlas de Helmut chorreando mostaza, me di cuenta de que había algo a lo que renunciaba para siempre. En realidad, ella nunca había existido. Ahora es sólo un hueco, y no lloro porque se me haría, no sé, como llorar por no medir uno ochenta. Hay quien mide uno ochenta y quien no. Y hay quien tiene madre, pero a mí tampoco me tocó eso.

Yo siempre he tenido madre y no estaba segura de hacerme exactamente a la idea del tamaño de ese hueco que Orens reconocía llevar en el corazón. En todo caso, a nadie le habría extrañado que se lamentara. A veces, parecía que su *principal empeño era soportar sin un solo quejido todas las adversidades que pudieran tocarle. Dicen que la gente del desierto es fatalista, y Orens lo era. Sin embargo, nunca perdía la energía y muy rara vez el humor. Siempre se crecía ante las dificultades.*

Una tarde, yendo en la moto, se puso a nuestra altura un motorista de la policía municipal y nos hizo señas para que nos apartáramos a un lado. Yo llevaba el casco de Orens puesto, como era lo habitual, y él llevaba la cabeza descubierta. La multa estaba servida.

—A ver, chaval, los papeles —dijo el policía, en cuanto echó pie a tierra. Era uno de ésos con casco de piloto intergaláctico y botas altas. Llevaba una motocicleta enorme y reluciente.

Orens le dio la documentación. El policía la examinó de arriba abajo. Al cabo de un rato, preguntó:

—¿Sabes por qué te paro?

—Sí —contestó Orens, imperturbable.

—¿Por qué?

—Porque se aburre.

El policía no se puso nervioso. Le miró con cara de cowboy preparado para desenfundar y observó:

—Eres graciosillo, ¿eh?

—No es aposta —replicó Orens—. Es que me sale. No puedo evitarlo.

El policía asintió varias veces.

—Muy bien —dijo—. Vamos a ver cuántas multas puedo ponerte. El casco, el pasajero, el tubo de escape, la placa descolgada…

—Cuatro —anotó Orens, viendo que el policía se quedaba dudando.

—Sé contar, chaval.

—Sólo era por ayudarle.

El policía empezó a ponerle multas. A medida que las iba terminando, las firmaba, las arrancaba del bloc y se las

*ponía entre los labios. Cuando tuvo las cuatro, se las quitó
de la boca y se las tendió a Orens.*

— ¿*Te importaría firmarlas?*

Orens cogió el bolígrafo y las multas.

—*Claro que no. ¿A quién se las dedico?*

—*No me enredes más y firma, anda.*

*Orens firmó, obedientemente, y le devolvió las multas y
el bolígrafo.*

—*Las copias son para ti —le informó el policía.*

—*Guárdelas usted. No me apetece leerlas.*

El policía estaba empezando a calentarse.

—*Cógelas —le ordenó, en tono despótico.*

—*No —se plantó Orens. El policía le sacaba treinta
centímetros, por lo menos. Y además era policía, y Orens
un imberbe alumno de BUP. Cualquiera habría dicho que
aquel pequeñajo había perdido el juicio.*

—*Está bien —terminó cediendo el policía, de mala
gana—. Circula.*

*Orens volvió a subirse a la moto y me invitó a mí a su-
bir también.*

—*No —me prohibió el policía, con una sonrisa triunfal—. Ella se queda. Y si tú no te pones el casco no vas a
ninguna parte.*

—*Ya veo —dijo Orens. Se bajó de la moto, sin darse
ninguna prisa. Se sentó en el suelo y me guiñó un ojo. Fui
a sentarme con él. Nos quedamos los dos allí, mirando al
policía.*

—¿*Qué haces? —gruñó el policía.*

—*Esperar a que se vaya —explicó Orens—. No creo
que aguante ahí toda la tarde. Y no vemos por aquí ninguna señal de prohibido sentarse.*

*El policía se puso púrpura. Había caído en su propia
trampa, y ahora sólo podía esperar allí como un imbécil o
tragarse el orgullo y marcharse. Lo segundo era lo menos
ridículo.*

Mientras se subía a su apabullante motocicleta, Orens me comentó, en voz lo bastante alta:

—No sé por qué les compran esos pedazos de motos, para patrullar por Getafe. Si aceleran mucho se salen del pueblo.

—Yo que tú tendría cuidado —le amenazó el policía, mientras arrancaba—. Como vuelva a cogerte en falso te la vas a cargar de verdad.

—No se preocupe —dijo Orens, conciliador—. No volverá a cogerme.

Era la primera vez en mi vida que me enfrentaba con la autoridad, y os mentiría si dijera que no pasé miedo. Pero cuando el policía se fue, no pude aguantarme más y solté una carcajada.

—Ha merecido la pena jugarme la cabeza —opinó Orens, enigmático.

—¿Por qué dices eso?

—Por tu risa. Ya sabes que me gusta su música.

Me sonrojé, que es una de las cosas que más me revientan. Pero con él no me importó tanto.

—¿Y ahora? —le pregunté, todavía un poco cohibida.

—Ahora esperamos media hora. Ese tipo es capaz de estar apostado detrás de una esquina, con la BMW lista para saltar.

—Estás loco.

—No creas. El que está loco es él. Yo he conseguido hacerte reír.

Lo decía satisfecho, y tengo que confesaros que volvió a hacerme reír muchas veces, como quizá no me he reído nunca con nadie. Es curioso que fuera capaz de tener los pensamientos más tristes y a la vez de hacerte reír así. O no es tan curioso. Si lo pienso, nunca me han caído bien esos chistosos que están todo el día dale que te pego con sus ocurrencias. Ni siquiera me hacen gracia. Es posible que para averiguar el verdadero secreto de la risa haga falta co-

156

nocer el lado amargo de las cosas. Orens lo conocía, y cuando hacía una broma bien que se le notaba. La risa la buscaba con el alma y sin ningún truco, como se busca aire para respirar.

Entonces apenas me daba cuenta, aunque estaba todo a la vista. Ahora recuerdo que sonreír le vi a menudo, y reírse a veces. Pero sus ojos, también lo recuerdo, no reían nunca.

14

Una postal desde Valparaíso

No sé en qué momento los días empezaron a correr demasiado deprisa. Sólo sé que cuando quise darme cuenta los exámenes estaban encima y yo iba a suspenderlos todos, salvo error o milagro. Y más o menos al mismo tiempo empecé a tener la sensación de que algo todavía peor se avecinaba. Había disfrutado de mis semanas de irresponsabilidad, sabiendo en todo momento a lo que me exponía. Ahora me tocaba pagar la factura.

Orens tuvo cuidado de que los últimos días, al menos por su lado, parecieran llenos de la misma ilusión de los primeros. Siguió llegando siempre antes que yo, para poder esperarme, y si yo me adelantaba diez minutos, él se había adelantado quince y estaba allí de todas formas. Hicimos lo de siempre: ver películas, compartir historias, mirar a lo lejos desde sus lugares solitarios. Ahora hacía más frío, pero nos daba igual. Y él seguía sabiendo cómo emocionarme y divertirme, y yo seguía deseando que me lo demostrara cada tarde, sin importarme nada de lo que me estaba jugando para tratar de sujetar algo que tarde o temprano iba a desvanecerse, como los espejismos de aquel desierto que su espíritu echaba de menos.

Una tarde me preguntó, con aire distraído:

—¿Tienes algún aparato para escuchar compactos?

—Sí —contesté—. ¿Por qué?

—Por nada. Una idea que se me acaba de ocurrir.

La tarde siguiente, cuando llegué al banco donde solíamos reunirnos, vi que tenía un compacto de color naranja en la mano. No lo había envuelto en papel de regalo, ni nada por el estilo. Tenía todavía la etiqueta del hipermercado, con el precio bien visible. No había ninguna necesidad de que quitara aquel precio, pensé, porque no lo habría pagado. Me lo dio sin más, como lo habría cogido y como él daba normalmente las cosas.

—¿Y esto?

—Pensé que te gustaría tenerlo.

Miré la carátula. En ella se veía la fotografía de un hombre que parecía árabe. Tenía bigote y sonreía con la cara entre las manos. El hombre se llamaba Khaled, y el disco, Sahra.

—¿Kaled? —leí.

—Se dice Jaled, en realidad. Es argelino.

—¿Y esto de Sahra?

—Significa desierto, en árabe.

—Sahra —repetí, dejando que la palabra resonara en mis oídos.

—De ahí viene Sáhara, precisamente.

—Gracias —dije, aunque lo hubiera robado—. No he oído nunca nada de este músico. ¿Me recomiendas alguna canción en especial?

—La tercera —respondió.

Le di la vuelta al compacto y leí el título de la tercera canción: Aïcha. Orens vio mi cara y aclaró:

—Es que está escrito en francés. Pero suena igual: Aíxa.

Podría haberme sentido halagada, sin más, si al leer aquel nombre en el disco no me hubiera asaltado un presentimiento.

159

—Lástima no poder oírlo ahora mismo —dije, tratando de aparentar que me alegraba—. Tengo curiosidad.

—Es para que lo oigas sola, en casa.

Aquellas palabras suyas, para que lo oigas sola, sonaron como un disparo en mitad de la noche. Ya estaba bastante oscuro, porque a medida que avanzaba el invierno el tiempo de luz se había ido reduciendo hasta el mínimo. Un presagio más. Podría haber tratado de no enterarme, o de hacer como que no me enteraba. Pero supe que él sabía que yo me estaba enterando. No podía ser de otra forma, porque entre él y yo era muy difícil que lográramos ocultarnos los pensamientos. Y no pude aguantarme:

—¿Para qué me regalas este disco, Orens? La verdad.

Orens se encendió un pitillo. A aquellas alturas, le conocía lo bastante como para haber averiguado que solía hacerlo en momentos en los que necesitaba evadirse de lo que pasaba a su alrededor. Pero en cuanto le dio la primera calada, me miró de frente y dijo:

—Para que alguien te llame por ese nombre, cuando yo no esté.

—¿Es que te vas?

Orens asintió, lentamente.

—Sí. Mañana.

Dos palabras, dos mazazos que me golpearon en las sienes y me dejaron fuera de combate. Lo había supuesto semanas atrás, lo había intuido durante días, lo había presentido hacía un minuto y lo había adivinado hacía apenas unos segundos. Pero nada de eso lo arreglaba. Se iba.

Me lo explicó sin tristeza, con el aire de cosa rutinaria que a veces es mejor darle a un acontecimiento que le afecta a quien te escucha. Para ello fuimos al lugar del primer día, aquel banco apartado frente a las luces de Madrid y la negra silueta de la siderúrgica de Villaverde.

—Cojo un avión para Chile —me dijo—. Mi padre estará allí hasta octubre del año que viene, y puede que todavía otro año más. Al principio no sabía si tendría que quedarse por mucho tiempo, pero hace mes y medio se lo confirmaron. Entonces acordamos que yo seguiría aquí hasta que acabara el trimestre y que iría a pasar las navidades con él.

Una ligerísima esperanza se apoderó de mí al oír aquello. Podía ser un viaje breve, sólo un par de semanas. Pero yo misma veía que esa esperanza era tonta e improbable. Orens la desintegró en seguida:

—Después empiezo en un instituto nuevo, allí en Chile. Se supone que el curso no está muy avanzado y que seré capaz de ponerme al día.

De pronto entendí algo que me hizo sentir como una ingenua.

—Por eso dejaste de ir a clase, claro. Para qué ibas a perder el tiempo con Anselmo y la Rastafari y el resto de la banda. Si acaso, ya te portarás bien con tus nuevos profesores chilenos.

Orens me observó reticente.

—¿Por qué me lo dices en ese tono?

—Por todas las mentiras que me he tragado, como una idiota.

Era una frase dura. Pero no sabía muy bien si estaba enfadada con él, o conmigo, o con el hecho de que aquélla fuera de repente la última tarde y yo no estuviera preparada. Orens me pidió, sin arredrarse:

—Dime una de esas mentiras.

—Que no estudiabas porque querías ser mecánico.

—Quiero ser mecánico. Y no es que presuma de eso, pero creo que te he demostrado que en cuanto tengo ocasión paso de los estudios.

Estaba siendo injusta, y lo sabía. Lo que en ese momento me escocía, seguramente, era haber abandonado yo mis deberes, y de eso no podía echarle a él la culpa. Lo había hecho porque yo había querido, no porque él me hubiera animado a hacer esto o lo otro. Sólo me había ofrecido algo en lo que ocupar aquellas tardes que habría debido dedicar a otras tareas; y yo lo había aceptado porque había empezado a dudar que esas tareas tuvieran sentido. Pero él no me había sugerido nunca que siguiera su ejemplo.

—Perdona —dije, avergonzada.

—No hay nada que perdonar —negó con la cabeza—. Y tampoco pienses que quiero que hagas como yo. Es más, creo que no debes.

—¿Cómo?

—Creo que debes intentar sacar los exámenes lo mejor posible, y seguir estudiando después. Creo que debes hacer una carrera y ser también la primera en la universidad. No sé en qué terminarás metiéndote, pero sí sé que es por ahí por donde tendrás que ir.

—Gracias por tus orientaciones, pero me temo que para los exámenes ya es un poco tarde. Mañana tengo el último.

—Alguno sacarás. Y el resto los recuperarás cuando quieras. Tienes que demostrarles que eres la mejor.

Le observé atentamente. Nunca había hablado con tanto entusiasmo de mi capacidad académica. Ha habido veces en que la fe que los demás ponían en mí me ha pesado como una piedra que tenía que arrastrar. Su fe no era así. Con todo, no se me escapó que se estaba contradiciendo.

—No era eso lo que me decías hace un par de semanas —recordé.

—Hace un par de semanas no veía lo que veo ahora —se justificó.

—¿Y qué ves ahora?

—Que no vas a dejarte liar por ellos. Que te van a importar un bledo los sobresalientes y los diplomas y que lo que hagas lo harás porque tienes que hacerlo. Porque te servirá para conseguir lo que te importa a ti, no lo que ellos te hayan dicho que tiene que importarte.

—Pero seré la empollona, de todas formas —dije.

—Cada uno tiene su camino. Nunca vayas por el de otro.

Era una noche clara y las luces de Madrid se veían hasta muy lejos. De la sierra venía un viento suave y frío. Medité sobre lo que me acababa de decir. Tenía razón. Qué otra cosa podía hacer, sino tratar de recomponer los platos rotos y seguir por donde ya conocía.

—Así que no habrá servido de nada —deduje.

—¿El qué?

—Haberme saltado las reglas durante todo este tiempo.

—Claro que habrá servido. Aunque vuelvas a hacer lo de siempre, no creo que lo hagas como antes. Ahora todo será de otra forma.

Le miré y comprendí qué era lo que había cambiado. De pronto ya no estaba enfadada, ni con él ni conmigo ni con la tarde. Sobre todo lo demás, empezaba a notar el correr del tiempo, la proximidad de la despedida.

—Sí, será de otra forma —admití—. Ahora me acordaré del desierto.

Una sonrisa radiante apareció en su rostro.

—Veo que lo entiendes —dijo.

—Claro que lo entiendo —repliqué, un poco desairada—. Entiendo tanto como puedas entender tú. Nos parecemos mucho, por si no te habías enterado. A primera vista tú eres una especie de delincuente y yo la hija hacendosa que quieren todos los padres, pero en el fondo tenemos las mismas inclinaciones. También a mí me tira el desierto, aunque no lo haya visto y sólo sepa de él lo que tú me contaste. Tenemos alma de camello, los dos.

—Es gracioso que hables de camellos —observó, pensativo—. Es verdad que nos parecemos, pero también somos diferentes. Y mira por dónde, puede que eso de los camellos explique las diferencias que hay entre tú y yo.

—¿A qué te refieres?

—Según Lawrence, los árabes prefieren con mucho las camellas a los camellos. Las camellas son más nobles y equi-

libradas; tienen mejor temperamento y hacen menos ruido. Y por encima de todo, son más pacientes y aguantan mejor el cansancio. Los camellos, en cambio, se enfurecen en cuanto están cansados; se dejan caer al suelo y se mueren allí de pura rabia y sin ninguna necesidad. A lo mejor yo soy un poco como un camello, impaciente y rabioso, y tú como una camella, más...

—Más obediente, vas a decir.

—No. Más lista. El desierto es grande.

—Te burlas de mí.

Orens me miró a los ojos.

—No me burlo, Aíxa —aseguró—. Tú vales mucho más de lo que yo valgo. Por eso quise conocerte. Y por eso me aguanto ahora que tengo que irme. Yo no puedo tener a alguien como tú.

Ahora sí que hacía frío de verdad. Yo llevaba una cazadora que el viento atravesaba como si fuera un colador, y no pude evitar un pequeño estremecimiento. Orens lo notó y sin decir nada me pasó un brazo por el hombro. Le costaba, porque él era más pequeño que yo, pero se empeñó en rodearme. Pude sentir el calor de su mano en mi hombro, durante lo poco que tardaron sus dedos en enfriarse. Los dos nos quedamos callados.

—Me pregunto para qué lo hiciste —dije, al cabo de aquel silencio.

—¿El qué?

—Acercarte. Para qué, si ibas a irte en seguida. Para qué, si como dices no podías tener a alguien como yo.

Al oír esto, Orens me soltó. Tardó en responderme.

—En realidad —dijo al fin—, no es por ti. Yo soy un poco nómada, como los hijos del desierto, y los nómadas sólo pueden tener lo que puedan llevar encima. Lo único que puedes llevar encima a todas partes son los recuerdos. Creo que me acerqué para poder llevarme el recuerdo de todo: de haber estado aquí contigo, de haber visto esas pelí-

culas juntos, del sonido de tu risa. Si no me hubiera acercado, sólo habría podido recordarte en el instituto, cuando todavía no eras Aíxa y no me tenías ningún aprecio.

Me quedé mirando las luces lejanas, mientras trataba de acordarme de aquella época. Me parecía que ya habían pasado siglos.

—¿Crees que hice mal? —dudó.

—No —contesté—. Ya suponía que te ibas a ir. Tenía una teoría, todo el rato.

—¿Una teoría?

—Estaba convencida de que íbamos a dejar de vernos pronto. Me da que nadie puede estar mucho tiempo con alguien demasiado parecido. Cuando alguien se parece demasiado a ti, tienes miedo de terminar siendo igual y acabas escapándote, si es que el otro no se escapa antes.

Aquello le sorprendió. De pronto, se le iluminó la mirada.

—Gracias por confesármelo —reconoció.

—Por confesarte qué.

—Que habrías acabado escapando. Me quitas un peso de encima.

—Pues no debería —protesté—. No importa lo que habría terminado pasando, sino lo que pasa. Eres tú el que se va y yo la que se queda sola.

—Tienes razón —asintió, dócilmente—. Cargaré con mi peso.

Era la última vez y podríamos habernos quedado allí hasta las tantas, mirando cómo las luces de Madrid tiritaban en la helada noche de diciembre. No me importaba que mis padres me castigasen, porque él iba a coger un avión a Chile al día siguiente y ya me daba igual poder volver a salir o no. Sin embargo, preferimos cumplir con nuestras costumbres, por si eso ayudaba a hacer el trago menos amargo. Lo único que varió fue que me llevó en su moto hasta el mismo portal, en vez de quedarse en la avenida donde solía dejarme todas las noches. Mientras estábamos allí, despi-

165

diéndonos, pasó Loli, la más cotilla de todas mis vecinas. Se le abrieron unos ojos como platos, con los que le sacó un retrato-robot a Orens para repartírselo después a todo el mundo. Tampoco eso me importaba.

—Bueno, ahora es de verdad —dije.

—Sí —dijo él.

—¿Me llamarás cuando vuelvas?

—Falta mucho para eso.

—No te andes con evasivas.

Bajó los ojos. No era frecuente que te rehuyera la mirada.

—No lo sé. Supongo que no.

—Muy bien —lo acepté—. Es mejor que no quieras engañarme. Me decepcionarías si empezaras a hacerlo, a estas alturas.

Quería ser fuerte, por lo menos mientras le tuviera delante de mí. Quería que viera que yo era capaz de soportar los contratiempos.

—Si no te llamo —explicó—, no será porque no me apetezca.

—Eso ya me lo imagino —me reí—. ¿Me escribirás, por lo menos?

—Tampoco lo sé. Creo que más bien debería dejar que me olvidaras.

—Escríbeme o no me escribas, como te dé la gana —dije—. Pero no sueñes ni por un momento que voy a olvidarte.

Retrocedió un par de pasos. Por primera vez, me pareció que su interior era tan frágil como su exterior.

—Bueno, Aíxa. Me voy.

—¿Y no vas a darme un beso, siquiera?

Sacudió la cabeza a un lado y a otro, despacio.

—No. Ese recuerdo no puedo llevármelo —dijo, con aire sombrío.

Tras pronunciar estas palabras, echó a andar hacia su moto. Mientras le veía alejarse, se agolparon en mi cerebro mil ideas enloquecidas. Podía echar a correr tras él y ser yo quien le besara. Podía cortarle el paso y obligarle a jurarme que volvería por mí. Podía, incluso, tratar de convencerle de que no cogiera ese avión a Chile. Pero comprendí que no iba a hacer nada de eso, que me iba a quedar allí quieta viéndole irse y sin mover un dedo para impedirlo. Al menos pude gritar, antes de que arrancase:

—Acuérdate siempre. Eres tú quien me deja sola a mí.

El casco le tapaba la cara, así que no pude ver su gesto. Levantó una mano en señal de despedida y salió a toda velocidad. En la curva brilló durante un segundo una luz roja y luego desapareció.

Poco después, en mi cuarto, puse aquella canción, Aïcha. La mitad era en francés y la otra mitad en árabe. De la parte árabe no entendía nada, y de la francesa sólo el estribillo: «Aïcha, Aïcha, écoute moi». Si no me equivoco, se traduciría así: «Aíxa, escúchame». Lo escuché varias veces, y aunque la voz de aquel argelino llamado Khaled era muy distinta de la voz de Orens, acabé sintiendo que era él quien me llamaba. Por mi mente desfilaron entonces todos los momentos pasados, desde la primera mañana en el instituto hasta aquella última frase: «Ese recuerdo no puedo llevármelo». Apenas adivinaba lo que se escondía debajo, pero sí vi el dolor que había en su renuncia. Y dejé, al fin, que mi propio dolor cayera por mis mejillas.

Un par de días después, se recibió en casa un paquete a mi nombre. El cartero se lo entregó a mi madre y ella me lo dio a mí con cierta suspicacia, aunque se aguantó y no me hizo ninguna pregunta. En el paquete venían tres cintas de vídeo. Casi no necesité mirarlas. Eran El cazador, Lawrence de Arabia y Excalibur. Busqué una nota, pero no la había.

Luego vinieron los suspensos, no tantos como preveía, y una conversación con mis padres que tampoco fue tan mala como yo había supuesto. No quise hablarles de Lanzarote, ni del sabor del fracaso. Les dije que lo remontaría y ellos

insistieron en que las notas eran lo que menos les preocu-
paba. Al final les conté que había tenido un novio y que ya
lo habíamos dejado. No era exactamente la verdad, pero era
corto y simple. Contarles toda la historia habría sido un
poco más largo y mucho más complicado.

Y esto es el final. Anteayer me llegó una postal desde
Valparaíso, Chile. Según se ve en la foto, Valparaíso está
rodeada de colinas y se asoma a una bahía azul. Parece una
ciudad bonita, como su nombre. Os leo:

Te escribo desde esta ciudad, donde ya es verano.
Pienso mucho en lo que me dijiste. Ayer, mientras pensaba, leí esta frase de Lawrence: «Me gusta tanto que
me dejen solo, que acabo siempre dejando solos a los
demás». Pero tú no te sientas sola, Aíxa, y menos porque no esté yo, que nunca te hice compañía. Mira siempre al horizonte. Por él vendrá lo que esperas.

Ésta es la prueba que me quedará siempre del cariño
que me tuvo. Una postal prometedora y mentirosa, desde
Valparaíso.

15

El regalo del cazador

Después de leernos la postal, Irene se quedó callada durante un buen rato, el mismo que necesitamos Silvia y yo para tratar de asimilar lo que nos acababa de contar nuestra amiga. Estábamos las tres en la habitación de Silvia, era la tarde del día de Año Nuevo y afuera, en la calle, hacía un frío que pelaba. El día de Año Nuevo una siempre está un poco más atontada de lo habitual, porque la tradición obliga a acostarse tarde la noche antes y luego nunca duermes las horas que te haría falta dormir. Quizá por eso Silvia y yo nos quedamos también calladas, sin terminar de saber cómo teníamos que reaccionar. Fue Irene quien rompió el silencio:

—Lo que está claro, en todo caso, es que tengo que pediros perdón. Me he portado como una amiga francamente asquerosa.

—Tampoco es para tanto —habló al fin Silvia.

—Ni mucho menos —dije yo.

—Y la segunda parte es que ahora tendré que darme la paliza para sacarlo todo. Para empezar, tendré que hacer el trabajo para la Rastafari.

—No te desesperes por eso —la animó Silvia.

Nos quedamos un buen rato mirando por la ventana, sin decir nada. Ese invierno hubo bastantes nevadas en Getafe, que no es precisamente un sitio donde suela nevar mucho. Aquella tarde caían copos sueltos que el aire llevaba de aquí para allá, antes de dejarles tocar la acera. Mientras mirábamos aquellos copos volanderos, pensé que Irene lo había conseguido; había tenido que pagar un precio duro y quizá inesperado, pero había atravesado la barrera y había llegado hasta el interior del secreto, o todo lo hasta el interior que podía llegarse. Nunca se toca fondo, salvo de aquello que no tiene ninguna importancia. Después de aquel día, sentí alguna vez el impulso de preguntarle otros detalles de la historia, pero me di cuenta de que no debía meterme ahí. Lo que Irene había vivido con Orens no había sido un simple romance, sino una extraña aventura por las arenas movedizas del desierto, donde no puedes estar segura de que nada sea lo que parece y donde, al mismo tiempo, hay espejismos que resultan ser la realidad.

Lo que os he contado es todo lo que nos contó Irene, y nunca en adelante intentamos Silvia o yo sonsacarle nada más. Pero no se trataba de que dejáramos de mencionar entre nosotras el asunto. Todo lo contrario.

Muchas tardes, por ejemplo, fuimos a casa de Irene para ver aquellas películas que él le había regalado. Silvia y yo le pedíamos que nos las pusiera una y otra vez, aunque supiéramos cómo terminaban, porque eran películas que no se agotaban en eso, en cuál pudiera ser el desenlace de la historia. Ninguna buena historia se agota ahí. Primero fue *El cazador*, donde vimos cómo Robert de Niro perdía a su amigo y dejaba vivir al ciervo. Después vino *Lawrence de Arabia*, que nos descubrió el desierto del Nefud y aquella playa de Ákaba que Lawrence recorría en su camello, solitario y victorioso. Y por último le tocó el turno a *Excalibur*, donde pudimos escuchar la *Marcha fúnebre de Sigfrido* y contemplar a los viejos caballeros de la Tabla Redonda, galopando entre flores hacia su último combate. También nos puso Irene aquella canción, *Aïcha*, en el disco compacto que el cazador había robado para ella. Silvia y yo le pedimos que nos la grabase, para poder oírla más veces. Era una canción cálida y romántica.

Otra cosa que hicimos fue leernos el libro de *La muerte de Arturo*; no entero, porque tenía novecientas páginas, sino saltando de una historia a otra. En aquel libro se contaban cientos de episodios de la Tabla Redonda y de sus caballeros, a veces de una forma todavía más sangrienta que en la película. Había uno, por ejemplo, en el que Lanzarote peleaba contra un caballero que les había acusado a la reina Ginebra y a él de traicionar al rey. En la película Lanzarote le vencía, pero no llegaba a matarle. En el libro, cuando el otro caballero ya estaba en el suelo, derrotado, Lanzarote miraba a la reina y ella le hacía un gesto como diciendo: «Mátale». Entonces Lanzarote se apartaba, y le ofrecía al caballero pelear con la mano izquierda atada y sin la mitad izquierda de su armadura, para no tener ventaja sobre él. Los caballeros de la Tabla Redonda eran así, creían que no hay nada más inmundo que atacar a alguien con ventaja. El otro caballero, confiado, aceptaba la oferta. Con un solo brazo y media armadura, Lanzarote paraba todos los golpes de su adversario y acababa partiéndole la cabeza de un mandoble.

Lo que más nos llamaba la atención de aquellos caballeros, y también de sus damas, era que tan pronto se mostraban generosos y tiernos como se volvían

171

crueles y egoístas, que era algo que tampoco se veía en la película, o no tan claramente. Y no le quito valor a la película por eso. Era una leyenda y las leyendas pueden contarse de muchas maneras, sin faltar a la verdad. Pero el caso era que en *Excalibur*, como sucedía en *Lawrence de Arabia*, habían retocado un poco la historia. Sobre todo al final.

En el libro, Arturo, furioso por la deslealtad de Ginebra, la condena a la hoguera. Cuando ya están a punto de quemarla, Lanzarote viene en su ayuda, organiza una matanza horrorosa y se lleva a Ginebra a su castillo. En tales circunstancias, Arturo no tiene más remedio que declararle la guerra a Lanzarote. Muchos caballeros de la Tabla Redonda mueren en esa guerra, que se prolonga durante largos años. Mientras tanto, aprovechando que Arturo está en Francia, sitiando el castillo de Lanzarote, el malvado Mordred se proclama rey. En cuanto se entera, Arturo regresa y acaba con el traidor, pero Mordred le hiere a él de muerte. Aquí el libro es igual que la película: sintiéndose morir, Arturo le pide a uno de sus caballeros que arroje su espada a un lago y después zarpa en un barco misterioso. Al conocer la suerte de Arturo, Lanzarote va en busca de Ginebra, que se ha retirado a un convento, y le pide matrimonio. Pero Ginebra reniega del amor de Lanzarote, porque comprende que ese amor ha causado la desgracia de la Tabla Redonda y el exterminio de sus caballeros. Lanzarote, arrepentido, se hace fraile. Años después, en su convento, Lanzarote tiene una visión: Ginebra está agonizando. Parte en seguida, pero cuando llega al lado de Ginebra ya es tarde. Ante el cuerpo sin vida de la reina, Lanzarote entona un emocionado lamento y acto seguido se deja morir. Con el entierro de Lanzarote, el mejor de los caballeros de la Tabla Redonda, termina el libro.

Leí varias veces esta parte final, aunque *La muerte de Arturo* está escrito en un lenguaje antiguo y rebuscado que no hace demasiado fácil la lectura. Siempre recordaba que era el libro que Lawrence había llevado encima durante la guerra del desierto, y al recordarlo me surgía la sospecha de que allí pudieran estar escondidas algunas claves, no sólo sobre él, sino también sobre la personalidad del cazador. Por eso me empeñaba en pelearme con aquellas páginas enrevesadas, y aunque no puedo decir que mis pesquisas dieran gran resultado, siempre hubo un pasaje al que volvía una y otra vez. Es el lamento de Lanzarote ante el cadáver de Ginebra, y dice así:

En verdad confío en no disgustar a Dios, porque Él conoce mi intención. Porque mi dolor nunca fue, ni es, por regocijo alguno en el pecado, y sin embargo nunca podrá tener término. Porque cuando recuerdo cuán bella era, y su nobleza, que tanto a ella como a su rey adornaban, cuando veo sus cuerpos tendidos juntos, en verdad mi corazón no basta a sostener mi afligido cuerpo. Y cuando recuerdo cómo por mi descuido, mi orgullo y mi soberbia, ambos yacen en lo más bajo, ellos, que como bien sabéis no tenían igual entre las cristianas gentes, entonces, al recordar su gentileza y mi desconsideración, traspasa el recuerdo mi corazón a tal extremo, que ni siquiera para tenerme en pie fuerzas me restan.

No sugiero que el lamento de Lanzarote tenga nada que ver con Lawrence, ni tampoco con el cazador, aunque me parece observar en la manera en que Lanzarote habla de sí mismo una dureza parecida a la dureza con la que creo que Lawrence y el propio cazador se trataban a veces. Todo lo que puedo pensar es que en ellos dos tanta dureza, si la había, no estaba justificada. Hasta donde yo sé, ninguno había provocado una desgracia como la que Lanzarote les hizo sufrir a Arturo y a Ginebra. En cualquier caso, mi investigación no llega más allá, y si he copiado aquí esas palabras del auténtico Lanzarote, ha sido sólo para que le conozcáis mejor, ya que de forma indirecta se ha convertido en un personaje de este libro.

Pero volviendo al personaje principal, el cazador, tengo que apuntar también que durante muchos meses uno de nuestros pasatiempos preferidos consistió en recordar sus historias; las que había protagonizado en el instituto y las que le había contado a Irene. Repasábamos con especial delectación los episodios más disparatados, como los incidentes con el Sargento Furia y la Rastafari o las escaramuzas con sus padrastros suizos. Y cuando alguien nos resultaba insufrible por alguna razón, nos desquitábamos llamándole *Helmut*. El afectado nunca se olía de qué iba el juego, pero a nosotras terminaba entrándonos una risa floja que en ocasiones, dependiendo del destinatario del apodo, podía llegar a resultar peligrosa.

Aunque nadie podía discutirle a Irene su protagonismo, porque había sido a ella a quien le había dado su nombre y porque ella le había conocido como ninguna, pronto el recuerdo del cazador pasó a ser algo compartido entre las tres, una especie de secreto que formaba parte de lo más profundo de nuestra amistad. Incluso Silvia, que siempre había sido la más reticente, acabó por apreciarle a su manera. En las buenas amistades hay siempre secretos así, que a veces son absurdos o incluso idiotas, pero que te permiten identificar en todo momento a quienes verdaderamente forman parte de tu vida. Quizá dentro de muchos años, cuando Silvia, Irene y yo seamos viejas, alguna de las tres quiera recurrir a las otras en nombre de la antigua amistad. Si eso ocurre, no tendrá más que coger un papel y escribir, por ejemplo, la palabra *Ákaba*. Y meterlo en un sobre y enviarlo a las otras. No hará falta que escriba nada más, y podrá estar segura de que las otras acudirán en su auxilio. Pero no tiene por qué ser necesariamente esa palabra. Podría valer lo mismo *Excalibur*. Y valdría, incluso, *Helmut*. Lo que importa es el secreto, y sobre todo, que estábamos juntas cuando lo descubrimos.

A menudo me he preguntado para qué nos sirvió conocer al cazador. Quisiera creer que cuando te cruzas con alguien así, alguien que consigue cautivarte y ante quien no puedes quedarte indiferente, es una experiencia que la vida te da con alguna finalidad, no porque sí y para nada, sino, qué sé yo, para que puedas hacerte un poco mejor de lo que eras hasta entonces. El problema en este caso, por lo menos a primera vista, era averiguar en qué podía el cazador ayudar a mejorar a nadie. Para empezar, no podía decirse que tuviera buenos hábitos: se apropiaba sin escrúpulos de los bienes ajenos, se enfrentaba a las autoridades policiales y académicas, aterrorizaba a sus compañeros de instituto, destrozaba los nervios de sus padrastros y en general rehuía la compañía de sus semejantes. Tampoco podía sostenerse que siguiera buenos ejemplos: parecía preferir ante todo imitar a personajes dudosos como el legendario Lawrence de Arabia o el no menos legendario caballero Lanzarote del Lago, dos chiflados que se complacían en ensañarse consigo mismos y a veces también con los demás. Si a todo eso se unía su enfermiza pasión por el desierto y por las máquinas, que anteponía a las personas, y su desconcertante desparpajo para pasar de la más exquisita dulzura a la crueldad más implacable (en el estilo, por cierto, de los caballeros de la Tabla Redonda), no había realmente por donde agarrarlo.

Y sin embargo, y por inconcebible que fuera, en seguida pudo apreciarse la influencia beneficiosa que el cazador había tenido, por lo pronto, en quien más de cerca le había tratado. En los meses siguientes fuimos notando todos aquellos cambios que se habían producido en Irene, algunos pequeños y otros más profundos. Antes de nada, ni que decir tiene que Irene consiguió recuperar todas las asignaturas que había suspendido, y no sólo eso, sino que a final de curso tuvo los sobresalientes y el diploma de alumna más destacada, como todos los años. Pero pronto advertimos que había dejado de perseguir las notas como si le fuera la vida en ello, y que ya no estaba pendiente de todos los demás para impedir que le hicieran sombra.

No volvimos a verla, por ejemplo, machacar a un supuesto rival, ni presumió nunca más de poder hacer de cabeza operaciones complicadas para las que los demás necesitábamos papel y lápiz. Incluso empezó a resistirse a que el Sargento Furia la utilizara para escarnio de los patosos, y una mañana se negó a saltar el plinto porque lo había puesto demasiado alto para la mayoría de la clase, aunque no lo estuviera para ella. Al Sargento Furia no le gustó nada su rebeldía, pero Irene aguantó a pie firme el chaparrón. Siempre habíamos sido sus amigas, incluso antes, cuando la veíamos lucirse sin pararse a pensar en quienes no podían lo que podía ella. Pero no negaré que preferíamos a esta Irene, ni me empeñaré en ocultar que no nos importó nada que la sonrisa que puso ante la regañina del Sargento Furia, aquella mañana, nos recordara sospechosamente otra sonrisa.

No fueron ésos los únicos cambios, ni los más importantes. Tras la marcha del cazador, descubrimos a una Irene menos intransigente, que ya no lo tenía todo tan claro como antes y que aceptaba considerar puntos de vista que en otro tiempo habría despreciado sin miramientos. También se había vuelto mucho más sentimental, ella que siempre solía meterse con Silvia o conmigo porque decía que nos dejábamos emocionar por cualquier cosa. Y había un último cambio, el que más nos asombraba. Desde fuera podía pensarse que no era muy importante, pero para mí, que la conocía, era el más importante de todos. Se trataba, sencillamente, de su risa.

Me cuesta recordar cómo se reía Irene, antes de conocer al cazador. En realidad, diría que no se reía nunca con verdaderas ganas, o con verdadera naturalidad. Siempre se contenía, como si hubiera algo que le prohibiera abandonarse a aquel impulso. Era la típica destrozachistes, la que siempre tenía una opinión grave que soltar para tratar de avergonzar a quien estaba bromeando sobre algo. Pues bien, nunca más volvió a portarse así. El cazador le había enseñado que la vida no era grave, sino paradójica, y que por eso la risa era necesaria y sus reparos estaban de más. Desde entonces Irene se rió con todo su corazón, y era cierto, como él le había dicho, que aquella risa suelta suya era una música que daba gusto oír.

No cabe duda de que a Silvia y a mí no nos influyó tanto como a ella, pero siempre que le recuerdo, siento que también nosotras, como Irene, recibimos mucho del cazador. Por lo pronto, nos hizo sentir el hechizo del desierto, que era algo que ni siquiera habíamos llegado a sospechar. Después de conocerle a él, y aunque no tuviéramos la oportunidad de ir, ya nunca volveríamos a pensar que el desierto era un

lugar sin interés. Gracias al cazador, además, habíamos descubierto todas aquellas películas, el libro de
La muerte de Arturo, la canción de *Aïcha* y tantas otras
historias. Pero esto es lo que ya sabéis, y lo que ahora
quisiera apuntar es algo un poco más sutil.

No puedo hablar aquí por Silvia, porque éstas son
cosas demasiado personales y cada una tiene su
apreciación. A mí me parece que con todos sus defectos, y con todas las zonas oscuras que había en su
personalidad, él era un espíritu puro; uno de esos jinetes solitarios que, igual que Lawrence de Arabia o
que Lanzarote, siempre van detrás de algo que nadie
más busca. Los jinetes solitarios no son siempre mo-
délicos, pero te enseñan algo, y él nos lo enseñó: que
hay momentos en los que nadie puede ayudarte, y
que entonces sólo vale apretar los dientes y tratar de
seguir en pie a toda costa. Son momentos en los que
la suerte te viene torcida, o en los que nadas contra la
corriente, o en los que tienes que enfrentarte a tu propia equivocación. Los jinetes solitarios, por su forma
de ser y de actuar, se ven a menudo en esa clase de
apuros. Los que no somos como ellos tenemos menos probabilidades, pero nadie está libre de padecer-
los. Sé que algún día me tocará vivir alguno de esos
momentos comprometidos, y entonces agradeceré
haber conocido al cazador. Porque podré acordarme
de la forma en que él mantenía el aplomo y hasta la
sonrisa, aunque su fondo fuera tierno y frágil y aunque nadie le entendiera ni quisiera ponerse de su
parte.

Pero se me acaba el libro entre las manos y me doy
cuenta de que todavía tengo algo que contaros, algo
que prometí al principio y que estoy tardando ya demasiado en cumplir. Incluso hace ya un rato que le
estoy llamando *el cazador*, y sigo sin explicaros por

qué Silvia, Irene y yo terminamos identificándole de esa forma. Alguno se preguntará, tal vez, para qué le inventamos otro nombre, si a Irene ya le había dado el suyo verdadero. El caso es que a Silvia y a mí siempre nos costó llamarle Orens. No olvidábamos que era el nombre que él le había dado a Irene, y según le había dicho, a nadie más. En cierto modo nos parecía que ese nombre era algo entre ellos dos, y que por más que Irene nos lo hubiera revelado, nosotras no estábamos autorizadas para utilizarlo como ella. Supongo que fue por eso por lo que acabamos poniéndole un nombre nuevo, aunque no lo hiciéramos del todo deliberadamente. Lo que tenemos claro, de acuerdo con su teoría sobre los nombres, es que el nuestro es otro nombre verdadero. Porque se lo pusimos nosotras y porque a nosotras él nos importaba.

Y tengo que decir además, aunque peque de inmodesta, que fui yo la que dio con ese nombre, con el que terminaría quedándose en nuestra memoria. Fue una tarde cualquiera, y como ocurren a veces estas cosas, de pura casualidad. Estábamos en casa de Irene y acabábamos de ver otra vez *El cazador*. Mientras comentábamos la película, tuve de pronto una idea. Me la sugirió la escena en la que Robert de Niro, después de seguir al ciervo por las montañas y de cogerlo en su punto de mira, decide levantar el rifle y disparar al aire. Repasé toda la historia: desde que él había aparecido, el primer día del curso, hasta la despedida frente al portal de Irene. Recordé sus reacciones y la forma en que observaba todo, al principio. Recordé a continuación sus primeros roces con Irene, sus ausencias repentinas, sus escándalos, su pasmosa regeneración y su huida definitiva del instituto. Después pensé en cómo había organizado la primera cita, y a partir de ella las siguientes, y en todo lo que le había enseñado a Irene y en qué orden. Y al final, sopesé lo que le había dicho antes de irse, cuando no había querido besarla, y lo que le había escrito en la postal desde Valparaíso.

—Está clarísimo —dije, saliendo de pronto de mi cavilación.

—¿Qué? —respondieron a la vez Irene y Silvia, sin comprender.

—Fue eso. Una caza.

—¿El qué fue una caza? —insistió Silvia, desorientada.

—Todo, desde el principio —expliqué—. O al menos desde que te eligió a ti, Irene. Buscó entre todas, escogió la mejor presa y a partir de ahí no paró hasta tenerte en el punto de mira. Y cuando al fin te tuvo, hizo como Robert de Niro. Levantó el rifle, disparó al aire y se fue.

Hizo falta que se lo explicara otra vez, dándoles los detalles que acabo de daros a vosotros. Pero en cuanto pudieron considerarlo con un poco de detenimiento, las dos estuvieron de acuerdo con mi teoría. Así fue, en resumidas cuentas, como empezamos a llamarle *el cazador*.

He pensado mucho, después de aquella tarde, en la razón por la que el cazador, después de acechar pacientemente a Irene y de lograr introducirla en su trampa, decidió dejarla escapar. Habrá quien crea que era lógico, ya que iba a irse a Chile. Pero no era ésa, ni mucho menos, la lógica del cazador. Yo creo más bien que con su renuncia quiso hacerle un obsequio a Irene. Prefirió que ella le recordara así, levantando el rifle y fallando el disparo, para que en adelante, durante los largos días azules que iba a conocer, tuviera siempre presente que podía haber un rifle apuntándola, pero también que hay tiradores que sienten el dolor de los ciervos. Sé que a muchos les parecerá un obsequio un poco raro. En mi humilde opinión (y quizá puedo darla, ya que os he contado la historia) aquel último fue el más delicado de todos los regalos que nos dejó el cazador.

Getafe - Madrid - La Toba -
Santiago de Compostela - San Sebastián de la Gomera,
28 de junio - 19 de agosto de 1998

Índice

LORENZO SILVA

Lorenzo Silva nació en Madrid en 1966. Se dedica a
la abogacía desde los veinticuatro años, y a la literatura
desde los catorce. Ha publicado varias narraciones
breves y las novelas *Noviembre sin violetas* (Madrid,
1995), *La sustancia interior* (Madrid, 1996) y *Algún día,
cuando pueda llevarte a Varsovia* (en esta misma colección
de Espacio Abierto). Con *La flaqueza del bolchevique*
quedó finalista del Premio Nadal 1997. En 1998 ha
recibido el Premio Ojo Crítico por su novela *El lejano
país de los estanques*.

CARTA AL AUTOR

Los lectores que deseen ponerse en contacto con el
autor para comentar con él cualquier aspecto de este
libro, pueden hacerlo escribiendo a la siguiente
dirección:

Colección ESPACIO ABIERTO
Grupo Anaya, S. A.
Juan Ignacio Luca de Tena, 15. 28027 MADRID

OTROS TÍTULOS
DE ESTA COLECCIÓN

Catorce gotas de mayo
Berta Vias Mahou

Álex acaba de cumplir catorce años. Gracias a su abuelo,
un conocido espiritista, se ha convertido en un auténtico
«expediente X con patas». Con la ayuda de sus dos mejores
amigos, Bicicleta y el Negro, intentará resolver los crímenes
que se suceden en la casa del abuelo. Ouijas que hablan de
amor, enigmáticas adivinadoras, avistamientos, escritos
del más allá, magia negra, ocultismo... y ni rastro del asesino.
Todo un catálogo de fenómenos paranormales que Álex
tendrá que sortear para salvar el pellejo y conocer al fin
lo más oculto: el secreto de su propio corazón.

- ✓ **Policíaca**
- ✓ **Humor**
- ✓ **Misterio/terror**
- ✓ **Amor/amistad**

Qué poca prisa se da el amor
Martín Casariego Córdoba

Alejandro es un excelente estudiante, que sin embargo ha
sacado un 0,5 en selectividad, por lo que tiene que quedarse
en verano estudiando. Como ya sabe todo, se distrae leyendo
libros de etnología, viajes y exploraciones, y se lamenta de no
haber vivido todavía una historia de amor sin darse cuenta
de que ya ha empezado a vivirla: Maite, la chica que acude
a limpiar todas las mañanas a su casa, para ahorrar dinero
y poderse pagar los estudios, tiene problemas con su novio
y ha empezado a fijarse en Alejandro.

- ✓ **Humor**
- ✓ **Problemas psicológicos/sociales**
- ✓ **Amor/amistad**

Yo soy el rey
Günter Saalmann

Rex, un muchacho de la antigua República Democrática
Alemana, tiene quince años cuando se ve obligado a dejar
su casa y una vida acomodada. Todos los intentos de su
padre para encontrar trabajo después de la reunificación
de Alemania han fracasado. La familia no tiene más remedio
que mudarse a un barrio marginal. Rex pronto decide que
tiene que formar parte de una banda para sobrevivir y que
debe luchar para convertirse en su jefe. Lo consigue, pero
traspasa los límites: su contacto con la delincuencia lo atrapa
en una cruel intriga e incluso pone su vida en peligro.

- ✓ **Misterio/terror**
- ✓ **Problemas psicológicos/sociales**
- ✓ **Amor/amistad**

La momia que me amó
Emilio Calderón

Andrés Basterra va a visitar el Museo Arqueológico Nacional
con sus compañeros de clase. Con tal motivo, su padre,
arqueólogo de profesión, le entrega un misterioso cuaderno.
En él se cuenta la historia de amor entre Andrés Patarroyo
y una chica llamada la Siria, de la que Patarroyo asegura que
se trata de la reencarnación de la momia de Sothis. Después
de leer con atención la narración de Andrés Patarroyo, la vida
de Andrés Basterra ya no será la misma. Incluso descubrirá
que el cuaderno no ha llegado a sus manos de manera casual,
sino que todo es fruto de la predestinación.

- ✓ **Humor**
- ✓ **Aventuras/viajes**
- ✓ **Misterio/terror**
- ✓ **Amor/amistad**
- ✓ **Ciencia-ficción/fantasía**

El ladrón de la clase
Christian Waluszek

En la clase de noveno roban la valiosa pluma de Sabine.
Todos se preguntan quién es el ladrón. Las sospechas recaen
primero en Rona, la amiga de la infancia de Sabine; después
en Malte, temido por su fama de pendenciero; y finalmente
en David, un emigrante que se encuentra en una precaria
situación económica. Estas sospechas, que sacan a relucir los
problemas que enturbian las relaciones entre los compañeros
de la clase, están a punto de desembocar en una tragedia.
Por fortuna, todos pueden rectificar y aprender a evitar
los prejuicios, guiarse por el respeto mutuo y saber entablar
una auténtica comunicación con los demás.

✓ **Misterio/terror**
✓ **Problemas psicológicos/sociales**
✓ **Amor/amistad**

Los ojos rojos de Satán
Nortrud Boge-Erli

Sibyl sabe que es una chica «demasiado insulsa». Entre sus
compañeros de clase pasa desapercibida. Y en su casa, se ve
obligada a enfrentarse a un padre autoritario y violento. Pero
un día comienza su relación con Christoph Grams, un chico
fascinado por el *heavy metal* y el satanismo. En el grupo de
Christoph, Sibyl se convierte en una persona importante, casi
una sacerdotisa del demonio. Pero a partir de ese momento,
se verá perseguida sin tregua por los ojos rojos de Satán.

✓ **Misterio/terror**
✓ **Problemas psicológicos/sociales**
✓ **Amor/amistad**

Algún día, cuando pueda llevarte a Varsovia
Lorenzo Silva

Una familia de inmigrantes polacos va a vivir a Getafe.
La gente del barrio los acoge con mucho recelo, a diferencia
de Laura, la protagonista de la historia, que se siente atraída
por ellos e inicia una amistad con uno de los hijos, Andrés,
un chico de dieciséis años. ¿Cómo es ese otro desconocido?
¿Existirá un punto de encuentro entre lo real y lo imaginado
por Laura? Con humor, misterio y profundidad psicológica,
se relata una historia que no deja de estimular la reflexión.

- ✓ **Aventuras/viajes**
- ✓ **Misterio/terror**
- ✓ **Problemas psicológicos/sociales**
- ✓ **Amor/amistad**

El año sabático
José Ferrer Bermejo

El protagonista, un chico sabihondo y presumido
llamado Silvestre, y su padre, que tiene el oficio de ladrón,
se están haciendo mayores. El padre decide tomarse un año
sabático y dedicarse a trabajar. Ahora bien, exige que durante
ese año también cambie la vida de Silvestre: que haga
deporte, se aficione al *rock and roll* y salga con una chica.
Después de algún concierto de rock y ciertos problemas, todo
desemboca en un largo capítulo en el que se narra un partido
de fútbol que centra el mensaje de que cada uno ha de
dedicarse a lo que sabe hacer.

- ✓ **Humor**
- ✓ **Aventuras/viajes**
- ✓ **Amor/amistad**

El secreto de las fiestas
Francisco Casavella

Según propia confesión, Daniel Basanta es un tipo raro, muy preocupado por el secreto de las fiestas. ¿Qué es el secreto de las fiestas? A lo largo de los años de adolescencia, Daniel Basanta, en contacto con los personajes más estrafalarios y enfrentado a las situaciones más descacharrantes, irá descubriendo que tal secreto no es más que la salvación de las trampas que desde muy pronto va imponiendo la vida para impedirnos disfrutarla con alegría. Con una prosa ágil, clara y divertida, Francisco Casavella nos muestra las múltiples caras de los años de formación, toda su amargura y todo su deslumbramiento.

✓ **Humor**
✓ **Misterio/terror**
✓ **Problemas psicológicos/sociales**
✓ **Amor/amistad**

Miradas en el espejo
Maria Hede

Todo empezó cuando Evelyn engorda unos kilos durante las vacaciones. Quiere estar delgada, muy delgada. Se ve gorda y fea. En su diario narra todo lo que va sintiendo. Sus pensamientos giran en torno a la comida y su peso. El diario refleja el encarnizado combate de una chica entre el deseo de morir y el deseo de vivir. Con el diario de Evelyn, Maria Hede relata la historia de su propia enfermedad. Un apéndice aclara cuestiones médicas. Las explicaciones prácticas de Hans Georg Noack son muy instructivas, pues la persona afectada por la anorexia tiene que ser ayudada por profesionales para poder salir de su estado de irrealidad.

✓ **Problemas psicológicos/sociales**